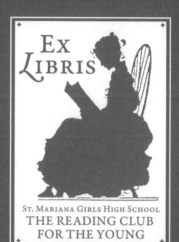

櫻庭一樹

爲青年設立的
青年のための読書クラブ
讀書俱樂部

ST. MARIANA GIRLS HIGH SCHOOL
THE READING CLUB
FOR THE YOUNG

第一章
烏丸紅子戀愛事件
烏丸紅子恋愛事件
005

第二章
聖女瑪莉安娜失蹤事件
聖女マリアナ消失事件
047

第三章
奇妙的旅人
奇妙な旅人
093

Contents
目錄

第四章
一等星
一番星
123

第五章
習性 & 實踐
ハビトゥス&プラティーク
165

第一章

烏丸紅子戀愛事件

身為哲學家、物理學家，
詩人、劍客、音樂家，
領航天界的旅行家，
機智卓絕，妙語如珠，
同時也是我無私的——戀愛的殉道者！——
厄爾居勒．沙維尼安．德．西哈諾．德．貝傑拉克長眠於此

艾德蒙．羅斯丹著
《大鼻子情聖》

一九六九年是我等值得紀念的一年。自我們這個由哲學家、物理學家、詩人、劍客、音樂家所組成的「讀書俱樂部」，誕生了一名「王子」。儘管這是名偽王子，日後將為學園帶來不幸，但我等尚稱滿意。

聖瑪莉安娜學園是一所歷史悠久的女校，在東京山手地區擁有傲人的廣大校地。從幼稚園乃至高級中學的校舍均位於同一校區，唯有大學另處一地。校史可追溯至十九世紀成立於巴黎的修道會，該修道會於二十世紀初派遣修女聖瑪莉安娜來日建校。校園中庭豎起聖瑪莉安娜的巨像，日復一日微笑著俯視學生們。學園的教育理念為培育篤信天主大愛、致力開創美好社會的女性。在外人眼中，學園裡的一切有如覆上一層薄紗，女學生的生態不為人知，只知道是良家子女。她們身穿顏色柔和的奶油色制服，下自三歲上至十八歲，靜靜地來這所學校上學。一頭黑髮或剪短，或整整齊齊地編成麻花辮，個個清純可人，嬝嬝婷婷。

她們的偽王子烏丸紅子，於一九六八年如一陣黑色旋風般出現在聖瑪莉安娜學園。然而就連王子本人也始料未及，竟會在一年之後，為學園裡的純真少女帶來不幸。

烏丸紅子是個身長玉立，擁有高貴美貌的少女。當時她身高達一六七公分，與可愛的奶油色制服毫不相襯。在高中部的開學典禮上，多數打幼稚園起便一同成長的少女發現了這個比眾人高一個頭、被陌生的讚美詩搞得七葷八素的高大女子，悄悄互使著眼色。烏丸紅子是校內罕見的高中才入學的學生。良家子女儘管表面上清純可人、知書達禮，但同時也擁有令人厭惡的高傲一面，只見她們像小狗軍團一般，從前、後、左、右嗅聞著這名高個子闖入者的氣味。

闖入者烏丸紅子身上有貧窮的味道。下水道水溝蓋的酸臭味，爛水果的味道，不新鮮的魚的腥味。換言之，異臭撲鼻。少女們捏起鼻子，面面相覷，以細微的表情動作互相確認此事。在以壁畫裝飾的聖堂裡，吟唱讚美詩的清越歌聲繚繞中，不知不覺的，闖入者已被貼上「好臭！」的標籤。典禮一結束，少女又說又笑地前往各自的教室，沒有人肯向烏丸紅子指點一聲「在這邊哦」，告訴她教室怎麼走。紅子修長的身軀汗水淋漓，迷失在迷宮般的學園裡，慌得都快哭出來了，才總算抵達教室。

紅子儘管身材高眺挺拔，五官如銅像般秀麗，個性卻與外表截然不同，是個膽小的女孩。不過也難怪她在良家子女的樂園中會釋放異味，誰教她正是平民中的平民。她的中年母親在大阪的道頓堀賣串炸，總是身穿老虎花紋的毛衣與點綴亮片的運動服，胖得像只汽油桶。紅子高貴的面容得自父親。她的父親是舊時代的子爵家三男，年少輕狂時讓一個大阪女子懷了孕，父親一直對她們母女不聞不問，直到母親慘遭一輛三噸的大卡車輾斃，才收養了獨生女。於是，渾身大阪老街味的平民烏丸紅子，就這麼硬生生被扔進了少女的樂園，宛如一隻誤闖天鵝群的醜小鴨。

「……這什麼碗糕？」

總算抵達教室的紅子，坐在看似屬於自己的座位後，如此自言自語。鄰座的少女因突如其來的異臭捏起鼻子，吃驚地看了紅子一眼，一副「她說的是哪國話？」的神情，厭惡全寫在臉上。這一天，紅子沒有和任何人說話。因為每次她想開口，少女們便如奶油色的蝴蝶翩翩飛離，自眼前消失，只留下殘像餘影般的柔和氣息。

如此這般，紅子在班上被貼上異臭女的標籤，遭到抹殺，成了若有似無的半透明人。以眼前的情勢，照理說，未來的三年她應該也會以透明人的身分度過，在聖瑪莉安娜學園的歷史上不留一絲痕跡，獨自悄悄地、負傷地畢業離去。一如絕大部分的高中入學生，謹守她粗野低賤、配不上少女樂園的身分。

沒想到，改變烏丸紅子命運的第一場邂逅正等在眼前。

說起聖瑪莉安娜學園的社團活動，有兩大臺柱。

一是學生會，負責主持學園各種活動，可說是具有少女形貌的政治家集團。成員的家世泰半與政治圈相關，個個成績優秀，姿容雖非豔麗奪目，卻也是清一色知性的花朵。

另一臺柱則是戲劇社，聚集了具有明星風采的學生。她們只要出現在走廊上，學生們都會不約而同讓路；僅僅回一聲「妳好」，便足以令低年級的學妹心頭糾緊，捧住胸口。順帶一提，聖瑪莉安娜學園的高中部，每年都會從二年級生中選出一名被尊稱為「王子」的學生。而至今以來的王子，大都是從戲劇社選出來的。所謂的王子，也就是蟻窩中的蟻后，後宮裡的蘇丹。大多數的女學生儘管憧憬愛情中夢幻的部分，但對於現實中的男性卻懷有強烈的厭惡感。因為男人身上也散發著異味：汗水與油脂的味道，精液的味道，低俗浪漫的味道。這是少女最鄙夷的。因此，在這個性欲遭到壓抑的少女樂園中，需要一個安全而華美的明星，以做為情感發洩的出口。一如蟻群中必有一隻蟻后，學園中也需要一名「偽男子」。王子升上高三後便會引退，學生再自高二生中選出一人，坐上為期一年的王座，君臨學園。每年六月的聖瑪莉安娜節，學生會便主辦選拔賽，選出王子。據聞，這一年戲劇社同樣勝券在握，眼看其中一名美麗出眾的少女就要成為令人憧憬的學姊。

「這什麼碗糕的烏丸紅子」起初對全數由女生組成的學生會很感興趣，決定造訪位於雄偉的黑磚舊校舍五樓的學生會辦公室。可是紅子才打開厚實的槲木門，眼鏡少女們便從內側碰的一聲把門關上，此後無論紅子再怎麼敲門，木門也不肯為她開啟。一頭霧水的紅子只好放棄學生會，回程時決定到戲劇社瞧瞧，不過這裡也一樣，身穿奶油色運動服的少女們一邊大聲做發聲練習，一邊小跳步遠離紅子。一回神，體育館裡只剩紅子孤身一人，她不禁落下眼淚。到其他社團也一樣。儘管膽小的紅子鼓起勇氣積極行動，但無論走到哪裡都不受歡迎。紅子身上的異臭對少女而言，是污穢的異形。少女們不明所以，但感到害怕不已，於是手牽著手，一個個逃避紅子。一直要到半個月後，紅子才總算抵達了唯一一個肯接納自己的異形少女的房間。

那是一九六八年的四月底。

那個異形的房間，正是我們的「讀書俱樂部」。

讀書俱樂部的社團教室位於舊校舍後的那片雜木林之後，一棟半毀的紅磚建築的三樓。一樓、二樓如今人跡罕至，巨大的空間化為遭人遺忘的廢棄倉庫。被淘狀的舊禮服，看似曾出現在《羅蜜歐與茱麗葉》舞臺上的大型陽臺布景，巨大的地球儀等等，這些稀奇古怪的廢物有如浪漫的惡夢，填滿了一樓與二樓。紅子會找到這裡，純粹是一場不幸的偶然。由於始終找不到立足之地，交不到朋友，紅子只能含淚思念大阪老街。每到午休，她只能孤伶伶一個人，宛如正午出現的亡靈般在校園徘徊。儘管想哭，但紅子高眺的身材與不帶一絲少女氣息的臉龐，一點也不適合嚶嚶啜泣。這一天，她依舊咬著牙忍受孤獨，漫步抵達了一幢形同鬼屋的紅黑色建築。才踏進一步，那些頹廢風情的廢物便令紅子深深著迷。因為眼前那種放肆的凌亂，與她過去和猝死的母親居住的那間道頓堀寒酸公寓，有相似之處。她擦乾眼淚，走進屋內，塵埃與黴味使得她咳嗽連連。找到樓梯，拾級而上，她發現只有階梯中央一帶不至於滿布灰塵，發現許多不斷向上的足印。人的氣息強烈撼動了紅子的心，孤獨的她一路散發著魚蝦、爛水果和臭水溝的異臭，爬上樓梯。往上再往上，往上再往上，往上再往上。有人在嗎？有人願意和我做朋友嗎？

少女的鞋印一路來到三樓的某個房間。繞過廢物走上前去，在走廊的最深處，有一扇陰森森的鋁門，上頭歪斜地掛著老舊的木製門牌。暗紅色的門，彷彿地獄入口。門牌上，以可愛的圓體字寫著：

由於氣氛十分陰森，紅子一時躊躇不前，同一時間，房裡一名女學生將看了一半的書擱在獸足桌上，眼神有如肉食猛獸般猙獰，瞪視著門。

這名女學生體形圓潤、長相醜陋。她的醜陋非比尋常，與這少女樂園毫不相襯。她名叫妹尾薊，自幼稚園起便就讀於聖瑪莉安娜學園，父親經營股票上市企業，母親是學園的校友，是典型的良家子女背景。然而不幸的是，薊酷似醜陋的父親，長相使她在學園裡成為異形分子。她矮小臃腫，額頭油亮，模樣就像流連於聲色場所的猥瑣中年男子直接套上奶油色的少女制服，宛如低俗趣味的幻影。不過妹尾薊是學園首屈一指的才女，自小學起成績始終名列前茅。在猥瑣中年男子的外表之下，隱藏著一個堪稱無所不知、無所不曉的超凡頭腦，而且她時時不忘磨練砥礪。她盤算著，進高中部後要加入學生會，日後以會長之尊君臨學園。只是沒想到，由於形貌醜陋，她竟不為諸位學姊接受，這才輾轉流落到這偏僻的讀書俱樂部。讀書俱樂部僅有八名高中部的學生在籍，由於沒有高三生，薊自高一後半便升上社長，君臨位處邊境的社團教室。這一年，薊高二，畢業後她計畫到外部大學就讀。她在心中磨刀霍霍，極欲在畢業前幹一件驚天動地的大事，遺憾的是一直苦無機會。

這一天，薊同樣是打午休起便獨自窩在社團教室，百無聊賴地迅速翻閱著艱澀的古典文學。就在這時候，她察覺到在大樓裡四散的異臭，碩大的獅子鼻鼻孔翕張，油亮的額頭擠出皺紋，仔細聞嗅。儘管這麼做令她的容貌更顯醜陋，不過對鮮少照鏡子的薊本人而言，根本無關痛癢。

「……誰！」

她朝著門簡短一問，只見一個高個子的高一生怯生生地走了進來。薊粗黑濃密的八字眉，右眉一抬。逆光穿過走廊上的窗戶，自敞開的門後射進教室，以致薊一時看不清這高一生的模樣。

不過那高䠷的身形，讓薊看得出了神。原來，醜陋的薊，對與自己相反的美麗事物異常敏感。不久，等薊的眼睛適應了光線，她認出來人是開學典禮上那個高出眾人一顆頭的新生。她沒有趕人，逕自上下打量著烏丸紅子。

紅子雖渾身異臭，但姿容得天獨厚。薊揚揚下巴，意示紅子坐在一旁的裝飾藝術獸足椅，紅子怯怯地坐下。薊先前看的書就扔在桌上，是劇作《大鼻子情聖》的原文書。薊醉心於這部以古法文書寫的故事。十七世紀法國實際存在過的真實人物——西拉諾．德．貝傑拉克，是哲學家、物理學家、詩人、劍客、音樂家，同時也是機智卓絕的毒舌名人。只不過，他的大鼻子占據了臉部四分之三面積、簡直可與喜馬拉雅山比高，是個無與倫比的醜男。他暗戀表妹羅珊妮，卻因自慚形穢而不敢表白。有一天，他遇見了同樣愛上羅珊妮的俊美青年士官克里斯廷，而這克里斯廷可說毫無頭腦可言。西拉諾決定運用他的才智，為俊美青年捉刀，寫出一封封文情並茂的情書。最後羅珊妮愛上了克里斯廷，但她愛的究竟是他的容貌，還是西拉諾洋溢於情書中的才情？

愛情，是針對容貌而發生？抑或是針對才情而發生？

薊想起西拉諾．德．貝傑拉克無人能出其右的醜陋長相。我就是西拉諾——薊心想。而眼前的，便是薊的俊美青年士官。薊仔細觀察紅子。這是多麼得天獨厚的姿容啊！又是多麼怪誕的異臭啊！紅子哽咽地對她說，沒有社團肯讓自己加入。薊微微一笑。

「歡迎來到讀書俱樂部。我們歡迎妳，烏丸紅子同學。」

紅子當場痛哭失聲，將自己美麗的臉龐貼上醜陋的薊粗壯又滿是贅肉的大腿。

薊露出有如聖瑪莉安娜銅像的微笑。距離畢業還有將近兩年的時間，薊有了目標，那就是——操縱學園再行離去。

在這個封閉的、有些畸形的少女樂園裡，始終維持著戰前優雅的氛圍，表面上並未受到外界變化的影響。這一年，一九六八年，只要踏出聖瑪莉安娜學園一步，便是東京充滿年輕騷動氣息的街頭。

新宿一帶，地下前衛藝術蔚為風潮。受寺山修司❖的實驗劇團「天井棧敷」及唐十郎❖❖的「狀況劇場」影響，年輕人塗白了身體與面孔，舞動身子；爵士咖啡廳裡擠滿了身穿大喇叭褲、眼神陰鬱的不法之徒；本鄉一帶，東大學生占據了安田講堂❖❖❖，年輕的機動部隊隊員吆喝著衝了進去；阿波羅太空船隨時都可能登陸月球。悠閒卻又緊繃嗜血的奇特氣氛，籠罩在東京上空。

聖瑪莉安娜學園完全不受所處的時代氛圍影響。不管是在學園或家庭中，少女們都備受嬌寵，宛如戰前的貴族千金，過著恬靜優雅的日子。

妹尾薊訂好計畫。時間十分充裕。首先，她命令烏丸紅子「丟掉」第一學期的五月、六月。

「丟掉？」

「當個透明人，最好讓別人不知道有妳這個人。」

「我才不要，我想要朋友。」

「這我知道。放完暑假就有機會，到時候我送妳一百個愚蠢的朋友。妳現在只不過是個異臭女，要是突然變身，反而會過度招搖。第一學期就不要張揚，讓別人忘了妳。」

「我聽不懂妳在說什麼。」

薊拍了拍紅子的頭，說道：「聽我的就對了。」紅子啐了一聲，只能點頭。

一開始，計畫只在薊的心裡，但到了傍晚，聚集在讀書俱樂部老舊社團教室的社員——無一不是學園的邊緣人——眾異形少女湊在一起開起會來。這群未來的哲學家、物理學家、詩人、劍客和音樂家，除了具有欣賞滑稽事物的幽默感性，也十分尊敬醜陋的薊敏銳的知性。如此這般，「紅子王子化計畫」就此展開。

這段期間，在六月的聖瑪莉安娜節選出了今年的王子。經過公平公開的投票，

❖〔譯註〕生於一九三五年十二月十日，多才多藝的文化人、藝術家及評論家。對劇場及電影藝術的貢獻受到歐美國家戲劇迷及影迷的認同與欣賞。

❖❖〔譯註〕生於一九四〇年，知名演員、劇作家。

❖❖❖〔譯註〕位於日本東京大學本鄉總校區，正式名稱為東京大學大講堂。一九六八年學運時曾遭占領，後來由機動部隊強行解除學生的封鎖，此事件後日稱「東大安田講堂事件」。

戲劇社社長以些微的差距險勝網球社黝黑的貴公子，榮登王子寶座。戲劇社包括國中部在內約有五十人，勢力龐大，學妹們可愛的歡聲中洋溢著自信與驕傲。當上王子的戲劇社社長，其實是薊的兒時好友。兩人從幼稚園起便就讀於聖瑪莉安娜學園，手牽著手度過孩提時代，然而在進入國中部的同時，戲劇社社長毫不猶豫地拋棄了愈來愈醜的好友。這在周遭看來是不證自明的道理，然而對薊而言，卻是無法忘懷的背叛。在光芒四射的體育館講臺上，王子微微一笑，女學生便出聲讚頌，以尖嫩的嗓音唱起讚美詩。醜陋的薊垂頭喪氣地離開了體育館。一進社團教室，同伴們正等著她。儘管到這裡來，也不過是各自消磨時間，各人翻閱各人的書籍，泡茶啜飲，但今天莫名的不安令她們齊聚在一堂。

「那個戲劇社社長，聽說明年也計畫讓戲劇社的當上王子喲。」

其中一名社員帶來這份情報。

「她很疼愛一個一年級學妹，已經開始為她造勢了，還找來學生會撐腰，路都鋪好了。」

「鋪路？哼！」

薊低聲笑了。

「投票的可是一般大眾。人一往上爬，就看不到這點。我們贏定了。喂，紅子。」

「嗯？」

對閱讀不感興趣的紅子，正一個人無聊地望著窗外。儘管在教室裡依舊被當成空氣，但至少社團裡的幾個同伴不會對她視而不見，紅子的痛苦因而減輕不少。但她如今依然孤獨，依然在尋求那個唯一的好友，一個仍不知身分的「someone」。薊為她打氣。

「打起精神來。」

「……嗯。」

不久，暑假來臨了。

讀書俱樂部的社團活動，不過就是各人依自己高興看書，但這一年竟辦了數次集訓。集訓的內容，便是孜孜不倦地照料烏丸紅子。首先是將她半長不短的頭髮剪成清爽的短髮。由於身材高䠷，只要換個髮形，紅子頓時變身成一個臭臉少年。社員要她閉上總是張得開開的嘴，縮起下巴，看東西時低頭抬眼。又命她封印起濃濃的大阪腔，盡可能說標準語，並指導她若非必要，就保持沉默。紅子的一舉手一投足，都受到薊嚴密的監控。

戲劇社所推舉的那個高一學生，像極了背叛薊的戲劇社社長，都是氣質清新的優等生，長相清秀的標準良家青年。若以同一路線為目標，異臭女烏丸紅子是不可能有勝算的。薊在內心彷徨了一晝夜，試圖喚醒被自己封印在內心深處的少女心。迷迷糊糊睜開睡眼的少女心，立即清醒過來，並描繪出一個令女孩怦怦心動的青年身影——一個現實中不存在、由少女扮演並為少女衷愛的青年形象。只要想到戲劇社那個高一生，薊內心深處的少女心便騷動不已，閃閃發亮。那是面對高貴的血統產生的光明憧憬。那名青年清新爽朗，給人好感，渾身散發著貴族的光輝。她是光。唔——薊內心暗忖。那麼，足以勝過她的青年會是什麼模樣？那個真正的青年應如何？少女的夢中青年應如何——我等性欲的去向位在何處？

薊與自己的少女心激辯了一晝夜。她拋開哲學，捨棄美學，甘心淪為一名無知的少女，思考愛情。最後，薊的腦袋做出一個結論——

我們少女追求的，是不良少年啊。

在家世好的青年身上絕對找不到的，便是不良氣質。唯有「影」，才能戰勝「光」。在少女眼中，烏丸紅子出身低賤，又是高中才入學的外來者，渾身散發著非我族類的詭異氣質。唯一的辦法，便是反過來利用這一點。因為，「光」是無法模仿的。薊自命為參謀，替烏丸紅子打理造形。除了讓她剪了頭髮、封印起大阪腔，還命一個高一生將紅子領進夜晚的世界。

這個高一生名叫村雨蕾。她身材嬌小、眼睛靈動，擁有一對異乎尋常的巨大乳房。由於乳房過大，女性特質太強，以致她在學園裡被歸類為異形少女。此外，她也是學園裡極為罕見的輕浮女子，意即所謂的「太妹」。不過不管是在家中、學園中，她都巧妙地隱藏了這一面。薊憑藉天生敏銳的嗅覺察覺了這點。而蕾毫不嫌棄自己的醜陋長相、對自己由衷傾慕，也令她對蕾有著莫名的喜愛。

這天晚上，受到敬愛的薊的託付，蕾幹勁十足。她紮起馬尾，穿上泡泡裙，薄施脂粉，打扮得漂漂亮亮的出現在約定的地點。風騷的模樣與在學園時判若兩人。她叼著菸，蹬著高跟鞋走進迪斯可舞廳，依偎在熟識的不良少年身旁。店裡的男子向來互相模仿，外貌個個大同小異，儘管這種貨色在東京街頭俯拾皆是，但確實是學園中見不到的類型。起初，烏丸紅子看得眼花撩亂，但回想起在大阪道頓堀一帶生活的時光後，立刻便與他們打成一片。在與他們一同跳舞揮汗的同時，紅子也不忘模仿他們的舉止。

叛逆地噘起嘴唇。

撩撥短髮。

側臉的一絲陰翳。

野性的、說不上來的奇特眼神。

待在這裡，阿波羅太空船飛向月球的轟隆聲、安田講堂惡鬥的喧譁，彷彿都在耳際迴響。她們受邀到新宿的花園神社，只見全身塗白的男子們起勁地跳著暗黑舞蹈。來到東京之後，紅子第一次打從心底笑了。

「啊哈哈！看起來好蠢哦！」

「跳舞吧！今天是星空迪斯可之夜！」

在一名男子的邀約之下，紅子在夜晚的神社盡情舞動，直到口吐白沫倒地為止。男子是個性情很好的年輕工人，聽紅子說起緣由，便主動教她動作的要訣，和她談起嚮往的電影明星等等。紅子莫不專心聆聽。另一方面，正當烏丸紅子認真學習，讓自己染上不良少年氣質的時候，參謀妹尾薊則在籌畫下一步。

薊自社員中選出一個最接近常人、家世十分顯赫的高一生，將她送進聖瑪莉安娜學園與慶應義塾高中合辦的夏令營。為期四天三夜的夏令營裡，將舉辦登山、烤肉等活動，十分健全，但趁此機會可以認識平時難得一見的男生，合得來的男女在暑假後經常展開團體交往或通信。由於這些男學生個個家世清白，家長也不致反對。

讀書俱樂部的高一生遵照薊的吩咐，在夏令營中找機會接近戲劇社的高一生，她們一同烤肉，一同以女高音歌唱，將雙腳泡進清澈的小溪，相視而笑。不久，男學生也靠過來，眾人無憂無慮、天南地北地閒聊起來。而戲劇社的高一生與其中一名男學生交換了聯絡方式。讀書俱樂部的高一生一回來，便立刻向薊報告此事。

薊立刻匯整情報。就這樣，夏天即將結束，第二學期就在眼前，「青年・烏丸紅子」的打造計畫也接近完成。一封印起突兀的異臭，原本空氣般稀薄的印象頓時扭轉，紅子一站出來，儼然就是一個短髮高眺、叛逆不群的不良少年。看到成果，薊大致滿意。

「夏天就要結束了，秋天就是決勝的時候，烏丸紅子同學。」

「干我什麼事。」

紅子叛逆地噘起嘴唇，撩撩短髮，美麗的側臉罩上一層寂寥的陰翳，如拋媚眼般視線由下而上朝對方瞥上一眼，又立刻轉開。薊內心深處的少女頓時感到一陣酥麻。這是個好兆頭——讀書俱樂部的眾人莫不感到滿意，互相點頭。而這，不過是紅子王子化計畫的開始。

暑假結束，一九六八年的九月來臨。翩然降臨的不良少年起初按兵不動，混在剛與家人從輕井澤度假回來的千金小姐之間。因為熱中網球，少女們的鼻尖曬得紅通通的，起初，她們還清純可人地談笑著，不過，一點一點的，她們察覺到些微的異樣。教室裡，有異物。她們知道，早在第一學期便有一個散發窮酸味的外來者，然而那和此刻的異樣感並不相同。

教室裡，有一個男人。

一直要到九月底，少女們才總算意識到這點。這一個月以來，烏丸紅子幾乎沒開口說話，依然避免與人有視線交會。然而，她的一舉一動不一樣了，並且渾身散發出一股誘人的魅力。紅子將制服裙子穿得宛如貼身長褲，蹺起腳來。坐在窗畔的座位，修長纖細的雙腿如男人般大方伸展著。在她的座位附近走動，常一不小心就會被那隻長腿絆倒。「好長的腿……」第一位發現的少女不禁喃喃低語。紅子像在鬧彆扭的側臉，透著寂寥。她不時撩起短髮，清亮的眼眸眨了又眨。「好大的眼睛……」又一個少女注意到這點，忍不住喃喃低語。紅子仍舊默不作聲。她只是坐在那裡，並不採取行動。只是靜靜地，靜靜地坐在那裡。然後，愈來愈多的女學生察覺到，教室裡混進了一個不良少年。到了十月，她們一臉納悶地頻頻看向修女。為什麼大人沒有發現？我們當中有個男生呀！為什麼他們沒有發現呢？教室裡有個危險人物呀！我們就像一群小羊，而窗畔卻有一匹舔著舌頭的狼。

紅子一味保持沉默。

偶爾，當有少女被那雙長腿絆倒，紅子一個不留神差點脫口問出：「妳還好嗎？」每當這種時候，自教室某處會飛來一顆牽制她的橡皮擦子彈。這是負責監視紅子的讀書俱樂部高一社員的任務。這名敬仰薊的高一生，時時不忘盯緊紅子，每當真正的紅子要冒出頭，她便像忍者般扔出橡皮擦。接到提醒紅子連忙閉嘴，故意不理會少女，裝出受傷的神情，別過頭，眺望窗外。

少女們開始坐立不安，緊張的氣氛逐漸蔓延到隔壁教室。每到下課時間，別班的少女沒事就往這裡跑，一面優雅地與友人談天，一面偷看偷瞟偷瞄窗畔的紅子。即使察覺視線，紅子也不抬頭。在一點也不適合自己身上這身奶油色制服的外來者紅子身上，少女們看到了穿喇叭褲、撥動吉他琴弦、傲然孤獨的不法之徒的幻影。胸口一緊，心好痛。這感覺近似悲傷。天真又高傲的千金小姐，有史以來第一次萌生矛盾的情結。悲傷，心痛，想接近，又希望她消失，一會兒落淚，一會兒歡喜。換句話說，也就是：迷戀上了妳！

到了冬天，妹尾薊除了動手改造烏丸紅子這個少年人偶的外表，也開始賜予她知性的一面。薊本人不費吹灰之力便擁有銳敏知性，只可惜，她的知性是存放在宛如猥瑣中年男子的醜陋器皿之中，絕不可能受到少女的讚賞。從幼稚園便就讀學園的薊十分清楚這點，也深知少女價值觀的殘酷。薊就是西拉諾·德·貝傑拉克。那又有什麼值得傷心的呢！薊命令紅子捧讀《大鼻子情聖》的原文書。「可是我又看不懂法文。」薊給了抱怨的紅子一巴掌，命她：「管妳懂不懂，假裝在讀就是了！」

從這個時候開始，每逢午休，讀書俱樂部的社員便圍在紅子身邊，與她親密交談，絲毫不理會那群只敢遠遠凝視紅子的少女。讀書俱樂部只是個邊緣社團。對少女們而言，學生會、戲劇社、辯論社才是英國的紳士同盟，理當要加入這些社團，並引以為傲。相形之下，讀書俱樂部不過是下城的骯髒酒吧。勞工齊聚一堂，喝上一品脫啤酒，吃的是以舊報紙包裹的炸魚薯片，渾身上下滿是油汗味。說來諷刺，此時讀書俱樂部眾人身上竟流露出學園中難得一見的藍領氣息。教室一角，勞工們坐無坐相，團團圍住不良少年，以難懂的法語交談著。然而這群人可笑的身影，開始令少女們心生憧憬。既想像她們那樣靠近烏丸紅子，卻又不敢主動和她說話。好難受、好痛苦、好悲傷、好可恨，每天、每分、每秒，都想看著妳！在眾人的凝視中，寒假的腳步近了。期末考結束，在講堂裡唱過讚美詩，放假去吧——紅子站起身時，一本書自她的膝頭跌落。

鄰座的少女拾了起來，細瘦的手臂顫抖著將書遞過去。

紅子連聲謝也不說，隨手接過。這樣的態度在重視禮儀的學園可說是絕無僅有，太過冷漠了。少女感到屈辱，含著淚抬頭看紅子。

「……怎麼？」

紅子以少年般低低的聲音問。這是她第一次開口和同學說話。整間教室的女學生不約而同屏息望著兩人。讀書俱樂部的高一生將橡皮擦子彈捏在手裡，準備稍有差池便出手，但已經沒有這個必要了。至此，紅子已經對自己的角色十分熟習。

「請問，烏丸同學，妳看的是什麼書？」

「這個嗎？」

紅子百無聊賴地回答。一屁股坐在椅子上，蹺起修長的腿。她的肌膚宛如塗了奶油的瓷器，雪白、豔澤、亮麗，具有像少年、又像女人的迷人魅力。她身上至高無上的光輝，是由少女們凝視的目光在第二學期中不斷研磨而成的。

「是《大鼻子情聖》，以十七世紀為舞臺的法國劇作。」

「精、精采嗎？我也來讀讀好了。」

「妳嗎？」紅子以輕蔑般諷刺的眼神看著女孩。「對妳來說，恐怕太難了。」

「怎麼會，我懂法文呀。我國中時曾經到巴黎留學。」

「我不是這個意思。我說對妳太難，是因為這是訴說孤獨的故事。妳懂什麼叫孤獨嗎？」

女孩有如中了槍般按住胸口，凝視著紅子。紅子粗魯地站起身。

她看著女孩，眼神像是受傷，又像獻媚，說道：

「就這樣。下學期再見吧，——同學。」
當紅子說出女孩的姓氏，對方吃驚地睜大了眼睛。
「妳記得我的名字？」
「妳不是一直坐在我旁邊？我當然記得。」
「真令人高興……」
「妳和我說話，我很高興。那麼再見了。」
「啊……」
女孩還想多說一會兒，但紅子閃身從旁穿過，逕自大步離去。少女們目送著那高䠷修長的背影，好一會兒過去，才有人「呀——地」叫出聲來，然後，又一個人跟著尖叫附和：
「好帥！烏丸同學真是、真是太棒了……！」
走廊上的紅子吐了吐舌頭。剛才那段對話，她不知在社團教室與薊模擬過多少次了。美麗的紅子身體裡的是醜陋的薊，不厭其煩地操控紅子的一舉一動。紅子只是忠實地照劇本演出。來到讀書俱樂部，紅子總算能變回自己，雙膝並攏而坐，呼地吐了一口氣。
薊慵懶地坐在獸足桌上，飛快地閱讀著艱深的書籍。紅子戳戳薊，問道：

「喏喏，這本大鼻子什麼的書，是在說什麼？」

「……美麗的笨蛋和醜陋的天才的故事。」

「哦，那是孤獨的故事沒錯吧？」

「嗯，而且還是個愛情故事。西拉諾最後雖然死了，卻帶著有羽毛裝飾的傲骨到天國去了。啊，對了，天堂裡可是沒有俊男和醜八怪之分的。」

薊連忙藏起眼眶裡泛起的淚水。

就在讀書俱樂部進行這段對話的同時，高一少女接二連三手牽著手離開學園，飛也似地聚集在書店。身穿奶油色制服的少女，如同聚集在牛奶盤上的蝴蝶，占據了外文書區。她們要找烏丸紅子在讀的那本孤獨之書。這年寒假，《大鼻子情聖》的原文書在高中女生之間盛行。她們在夜裡互通電話，說的是：

「因為我們這種男人有的只是幻想的戀人，純粹有名無實，就像泡泡吹出來的！……來吧，把信收下吧，讓這幻想成真。我讓漫無目的的愛情告白與悲傷飛上天空，而你，可以看見這些飄泊的鳥兒落腳。」

「長久以來，我從未領略過女子的溫柔。連母親都嫌我醜，而我又沒有妹妹。即使成年之後，也害怕心儀女子眼中的嘲笑。唯有妳，自從有了妳之後，我至少有了一名女性友人。」

少女們以法文互道西拉諾的台詞，換句話說，這也是她們呼喚愛慕青年之名的方法——烏丸紅子同學、烏丸紅子同學、烏丸紅子同學。儘管，她們愛慕的青年根本不懂法文。

寒假裡，少女們的傳聞網絡加了油、添了醋，宛如鮮豔的紅金魚，游走於學園上空。不久，沒有一個高中部一年級學生不知道烏丸紅子的生平。少女們的大腦自動去除了濃濃的大阪腔和道頓堀街景，紅子貧賤的出身與成長於大阪下町的背景，變成一個宛如置身英國下城、充滿夜霧與衣物窸窣聲的故事。繼承子爵家血統的私生子，成長過程歷盡艱辛，失去母親後被生父收養，但在子爵家的生活孤獨依舊。紅子變得自暴自棄，不再信任他人，但在她的心中隱藏著追求一名好友——「someone」——這個既悲傷又溫柔的心願。儘管，少女們的想像與現實中的紅子有交集的，只有尋求「someone」這點。少女紛紛為烏丸紅子的孤獨潸然淚下。她們心心念念的，是擱在地板上的那雙長腿、那頭短髮、孤獨的眼神，與繼承子爵血統的高貴美貌。青年應若是。青年應若是。青年應若是啊。僅存於少女心中的傳說生物，亦即，奇珍異獸。紅子成功扮演了「他」，不，是「他」降臨在苗條的紅子身上。「他」，沒有肉體，是應少女的祈禱而生的夢幻，在聖瑪莉安娜學園上空徒然徘徊，直到找到可容納自己的少女身軀為止。少女們選出的王子，便是那可供替代的容器。但今年獲選的，是紅子。靠著薊的戰略，她從原本應該成為王子的少女手中奪取了這個權利，即將登上王子的寶座。少女們愛上青年・烏丸紅子，並為之瘋狂。紅子、紅子，這個名字不久也傳入學姊耳裡，一到午休，為了一睹從新校舍走出來的烏丸紅子風采，高二的少女爭相擠在新舊校舍之間的白銀走廊上。我等少女的特性，即具有飛身撲向幻夢的衝動，然而伴隨此衝動的，並非繁衍後代的義務，而是悲傷與死亡的氣息散發出的濃厚馨香。時勢洪流有如岩漿般覆蓋紅子全身，撫摸、摩娑，讓紅子一刻比一刻變得更美。注目、慟哭與執著，琢磨著紅子的臉龐與身軀。但紅子絕不得意忘形，仍是不感興趣地一逕低著頭。

到了第三學期，出現了與讀書俱樂部抗衡的反對勢力。不言可喻，自然是戲劇社。今年的王子，即戲劇社的社長，迫於紅子的聲勢展開了行動。得知這個消息，薊立刻進行下一步。

聽說戲劇社為了明年的聖瑪莉安娜節，計畫讓那個下任王子候選人的高一生飾演主角。薊親自造訪了位於新校舍二樓的新聞社。社團教室裡，神情狂熱的眼鏡少女們忙著撰寫報導，但一發現薊，便立刻領她到社長所在的蚊帳前。新聞社社長名叫金田美智子，是無人不知無人不曉的貨真價實的「姊妹」。

所謂的「姊妹」，意指具有同性戀傾向的說法，但此現象在清一色少女的學園裡，其實並不罕見。如果環境中沒有異性，轉而將感情投注於身邊的同性友人，一點也不奇怪。不過「姊妹」有真性與假性之分，真性的比例，據說四十人中僅有一人。大部分的女學生只不過是假姓姊妹。渴求密友、「someone」的人，換句話說，不過是柔性的、假性的姊妹。眼前對紅子動心的無數少女，便是屬於這一類。但金田美智子不同。這名少女，是那四十分之一的少數。

「……蕾給妳。」

聽薊這麼說，美智子摘下黑框眼鏡，邪邪地笑了。

「是嗎？」

凡是薊的命令，幹勁十足的太妹村雨蕾無不聽從。這場與新聞社的交易，她也是笑著答應了。美智子表示興趣後，薊說出戲劇社高一生從暑假就與慶應高中部學生交往一事。

「都已經有男性愛人，哪有資格當王子。這情報倒是不賴。」

「麻煩妳報導出來。」

「妳會把村雨蕾留下嗎？」

「會的。」

「那好吧。不過妳這學姊也太可怕了。」

新聞社深處有頂紫色蚊帳。不知是眼睛有病，或純粹是神經衰弱，金田美智子視野裡總有蟲子般的無數黑點在飛舞，由於畏懼這些紛飛的幻影黑點，她總是躲在社團教室的蚊帳內，不斷擦拭眼鏡。在薊的示意下，村雨蕾走進蚊帳。只見她盈盈一笑，毫不猶豫脫下了奶油色的制服。妹尾薊輕視所有的少女。無論是頭腦不好的紅子，還是太妹蕾，都令她生出一種近似同性相斥的憤怒與輕蔑。然而，其中她最痛恨的，便是醜陋的自己。另一方面，蕾是個天真又傲慢的少女。她仰慕薊的頭腦，只要是為了薊，幾乎所有的事都願意做。紫色蚊帳中，表面浮出青色微血管的兩個巨大乳房袒露出來。

自這天起，新聞社與讀書俱樂部暗中聯手，先是發表了戲劇社高一生與異性交往的緋聞。戲劇社社長氣得發狂，直闖新聞社。只可惜她的個性就像竹子一般耿直，只懂得直接抗議，像是「金錢行賄」或「提供一夜春宵」這等事，清廉高尚的王子絕對做不出來。她之所以逐漸疏遠昔日好友薊，不光是因為外貌，這方面價值觀的不同也是原因之一。從好青年的她眼裡看來，為達目的不擇手段的薊就像個怪物。然而失去昔日好友的薊，已經管不了這麼多。

第三學期就這麼結束，一九六九學年度，也就是烏丸紅子的年度來臨了。學園之外，彩色電視機瘋狂熱賣，東大入學考受學運波及而決定中止，神田學運最後遭到八千多人的機動部隊包圍，安田講堂被攻陷，東京鬼哭神嚎。相較之下，聖瑪莉安娜學園顯得平靜無波。就在那個封閉的少女樂園，烏丸紅子的年度如同一股沉靜卻巨大的浪濤，緩緩襲來。那血紅的浪濤！

入學典禮盛況空前。讚美詩歌聲飄揚，少女的祈禱聲響亮，剛自國中部升上來的高一新生莫不陶醉地凝望現任王子，即戲劇社社長。她是清廉高尚、貨真價實的王子，全身散發著清新耀眼的光芒，但她的後繼者——戲劇社的學妹，卻為淡淡的烏雲所籠罩。因為新聞社連日報導了她在慶應有男性戀人的消息。她並不以戀情為恥，舉止磊落大方，但清廉高尚的戲劇社實在太不了解大眾的心。結果就在她不改抬頭挺胸姿態的同時，情勢已變，讀書俱樂部的不良少年受歡迎的程度扶搖直上。少女們期待的，不再是戲劇社的下一次公演，而是將熱情傾注在閱讀烏丸紅子的愛書上。紅子在圖書館借過的書，有數十人，甚至上百人爭相預約；為了拉近與紅子的距離，少女們苦讀艱澀的法文與德文。由於讀書俱樂部將內部進行的工作——紅子王子化計畫——視為機密，一直拒絕新社員加入，被拒於門外的少女放學後只好如同組成華麗的魔法陣，包圍讀書俱樂部所在的那幢形同廢墟的紅磚大樓，癡癡仰望建築物中的那名青年。戀慕之心化為祈禱昇天，又空虛地墜落，一而再再而三地反反覆覆。至於人在社團教室的紅子，則是在薊這個嚴厲教練的監督下，死命將看不懂的書籍內容大綱塞進大腦。

老實怯弱的紅子，遵從薊的所有吩咐。她完美複製了不良少年的舉止，無時無刻都不會露出破綻，從早到晚徹底演好自己的角色。漸漸地，對她而言角色與真我之間的界線愈來愈模糊，不久就連薊傳授的學問，也能自然而然吸收，彷彿與生俱來一般。不知不覺中，紅子習慣了站在眾人之上。只要她臉上閃現一絲微笑，少女們便激動尖叫，甚至還有人就此昏厥。

學園內分成紅子派與戲劇社派，戰況愈演愈烈。六月的聖瑪莉安娜節，戲劇社將舉辦公演，薊料到屆時的狂熱可能會使一些選票流向敵方。她鞭策一心以為能輕鬆獲勝的紅子，說道：

「再加把勁。」

「幹嘛？」

「妳要談戀愛。現在時機正好，紅子，談場戀愛吧！」

只要與「someone」在一起，烏丸紅子的魔力也會威力加倍。薊籌畫再三，花了三天三夜時間完成劇本，交給紅子與蕾。沒想到會被叫上舞臺，村雨蕾也大吃一驚。

翌日起，向來獨來獨往的烏丸紅子身邊，開始有村雨蕾跟著。原來這天早上上學時，蕾在校門口差點被車撞著，是紅子救了她。好幾名高二生親眼目擊了事發現場。其實當時開車的，是她們在夜晚的酒街結識、向來很幫忙的不良少年。事發當時，只見奶油色的裙襬翻飛，紅子飛奔過去，一把抱起蕾往旁邊撲倒，嘴裡低聲罵道：「混帳東西！開車不看路嗎！」自此之後，蕾便追隨紅子，隨侍在側。烏丸紅子孤獨已久，少女向來只能遠遠在旁心焦注視，但有了蕾這個「someone」之後，紅子給人的感覺變得柔和許多。對此，少女感到安心更勝於嫉妒。長久以來，紅子身上總散發著一股麻痺少女的不幸氣息，讓少女們寧願放棄獨占紅子，只願她幸福。蕾雖然不算美麗，倒也說得上楚楚可憐。何況只要按照劇本演出，也看不出蕾是太妹。更重要的是，紅子與蕾都全心信奉薊的頭腦。自此之後，在學園的每一個角落，兩人恍如置身無人的淒美廢墟之中，或凝視，或低語，或微笑。蕾絕不擺出與紅子平起平坐的態度，總是跪著仰望，或是站在稍遠處偏著頭凝視紅子。少女心目中與紅子的理想友情正是如此，便紛紛將自己投射在蕾身上，以火熱、悲情、抑鬱的矛盾情結守候著兩人。

在這當中，新聞社持續報導戲劇社的緋聞，有如連載專欄般，令人見識到其糾纏的功力。一個有男性戀人，一個則忠於「someone」，兩名王子候選人的聲勢到此開始出現決定性的差距。烏丸紅子的戀情是所有少女的夢想。是夢，是幻影。少女極度感動，含淚關注。蕾似乎也是個孤獨之人。她不以得到紅子為傲，總是垂眼緊貼著走廊一側走。少女們不知道，蕾朝思暮想的，其實是薊。兩名少女遵照薊的劇本，夢想愛情，笑談青春，議論永恆。每天傍晚，兩人怯怯互望，如蜻蜓點水、小鳥輕啄一般，接吻。少女們嘆息著感動淚下，望著烏丸紅子冰冷的親吻。

兩人如入無人之境輕憐密愛，令天性正經的戲劇社社長大為憤慨，認為簡直是不知廉恥。由於為蕾銷魂的新聞社始終相應不理，戲劇社社長轉而向學生會抗議。學生會協議的結果，認為抗議有理，便報告修女。不久，烏丸紅子與村雨蕾被修女叫去。兩人手足無措，嚷著「這下慘了」、「該怎麼辦」，妹尾薊則給了她們接下來的劇本。紅子趕緊背台詞。正如為俊美青年士官捉刀的醜男西拉諾，薊大顯身手。

聽說兩人被修女叫去，大群學生擠在舊校舍一樓的修女房間外偷看。面庭院的窗外，出現清純少女的玫瑰色臉蛋、臉蛋、臉蛋、臉蛋，與臉蛋。此情此景，令紅子不由得聯想起魩仔魚干片，平民的口味。修女確認了兩人不純交往的事實。蕾啜泣著。紅子已將台詞背得滾瓜爛熟。只見她挺起胸膛，以窗外也清晰可聞的音量朗聲說道：

「我們是相愛的，我可以在這裡大聲說出來。這有什麼可恥的？」

修女大吃一驚，手在胸口畫了十字。

「這怎麼行……妳們兩個都是女性呀！這種事天主是不會允許的。」

「祂真的不允許嗎？聖瑪莉安娜？」

紅子抬頭問牆上的肖像畫。誕生於十九世紀末的法國修女——崇高的聖瑪莉安娜，畫中聖瑪莉安娜美麗的側臉帶著一抹永恆而曖昧的微笑。

這份曖昧，正是女人之所以為女人啊——驀地，紅子這麼想。不過這只是片刻的念頭，下一秒薊的頭腦又附在她身上，紅子忠實地背誦台詞。

「愛情，愛情有性別之分嗎？修女。我認為，愛與形貌無關，與我們生為何種性別無關。只要對方的心靈是崇高的、是值得尊敬的，就夠了。愛情與外貌無關，因為啊因為，修女，我們是無限接近精神性的存在。啊啊！在這裡的，就只是精神而已。」

紅子手按胸口，說完她的台詞。

窗外的少女或昏厥，或喊著烏丸紅子的名字哭泣。精神的、精神的！這種主張確實打動了少女的心。儘管紅子表面上忠實扮演她的角色，其實心裡想的是：什麼狗屁精神！我是女人，女人可是肉體。

她啐了一聲，踢著石頭走在回家的路上。同性對自己的愛慕，開始令紅子感到窒息。蕾安慰她：

「和被忽視比起來，被愛要好得多吧？」

「說得也是，去年我真是寂寞得要命。」

紅子又踢了一下石頭。石頭滾呀滾的，碰到聖瑪莉安娜巨大的銅像腳邊，停住了。紅子仰頭望著那朝天聳立、巨大如鎌倉大佛的銅像，說道：

「聖瑪莉安娜會明白嗎？」

「明白什麼？」

「我吃的苦啊。」

「一定會的。這個人可有趣了！她在本世紀初飄洋過海來到日本，老年時卻突然神祕失蹤。其實，她失蹤不過是十年前的事。學園的正史雖然什麼都沒寫，不過我們社團教室裡有本祕密的社團紀錄簿，上頭記錄了她的傳記呢。薊學姊找出來讀過，很精采哦。」

「哦……」

紅子笑了。

「我還以為她是死腦筋的阿婆，聽妳這樣講，也許她還滿明理的吧。」

「呵呵呵。」

紅子精神好了些，又繼續走。那時候，她突然閃過一個念頭，想要試著以自己的話語來說話，而不是只仰賴薊的頭腦。這時候的她習慣了被愛，甚至有幾分厭倦，對自己的力量產生自信。不久，六月到來，聖瑪莉安娜節來臨了。

節慶典禮上唱起了讚美詩，戲劇社舉辦了公演，女學生嘰嘰喳喳地享受這一切。接著輪到了學生會主辦的王子選拔，然而今年人多勢眾的戲劇社分量感頓失，投票還沒結束，少女們便「紅子、紅子」地呼喊烏丸紅子的名字，祈禱般雙手合十。薊自遠處心滿意足地望著這幅光景。她們呼喊的既是紅子之名，卻又不是紅子之名，正確地說，應該是紅子體內的薊！然而，她們愛的究竟是青年烏丸紅子的外表？還是才情呢？

愛情，是因外表而生？還是因才情而生？

這一年的王子選拔，烏丸紅子以遙遙領先的票數當選。公布的瞬間，紅子在臺上露出靦覥的笑容，薊卻當場痛哭失聲。明明贏得了勝利，但不知為何，薊的眼淚卻不住地滾落在醜陋的臉龐上。她若有所失，覺得像是失去了純情，失去了驕傲，失去了對醜陋的自己從不間斷的愛。薊覺得自己彷彿被附身，被玷污了。她喃喃說出西拉諾．德．貝傑拉克的台詞，拭去醜臉上的淚水。

「這樣就好，我這輩子註定要供給別人糧食——自己則遭人遺忘！」

舉世無雙的丑角——妹尾薊，就在滂沱的醜陋淚水中悄然退場。

讀書俱樂部為這場前所未有的壯舉欣喜若狂，即將引退的高三學姊命一個高二生將那榮耀的一天記錄在讀書俱樂部的社團紀錄簿中。順便一提，那名高二生便是紅子的同班同學，去年拚了命丟出無數橡皮擦子彈的女學生。

就這樣，一九六九年成為我等讀書俱樂部值得紀念的一年。我等尚稱滿意。妹尾薊後來專心準備外校升學考，青年．烏丸紅子的營運則交由紅子本人負責。紅子氣勢如虹，依舊深受少女喜愛，然而毀滅就在當年的秋天降臨。

烏丸紅子，戀愛了。

烏丸紅子被叫到上次做出精神宣言的那個房間，接受修女的質問。這一次，房裡不見村雨蕾的身影。紅子深吸一口氣，決定以自己的話發言，卻無法順利出聲。她受薊的影響太深，吸收了太多東西，已經變成了另一個人，以致無法順暢地說出自己的話。

今天紅子被叫來的理由是，不純的異性交往。

也就是萬萬不可發生的「烏丸紅子戀愛事件」。當初她為了磨練演技經常走訪夜晚的酒街，而她的戀人正是那時結識的不良工人。兩人意氣相投，那之後經常避人耳目私下會面。紅子出身自大阪老街，比起做作的少女，她和這些平易近人的工人更談得來。如願找到真正的「someone」，紅子心滿意足。只是這位「someone」並非同性好友，而是她的第一個男人。換言之，紅子打從開始就只是個女人！自她踏進社團教室的那一刻起，從她十五歲插班到學園的那一天起，她就是女的，女的！這正是異臭的來源。由於與戀人之間有了愛的結晶，紅子選擇退學結婚。

紅子以她自身的感受，思索何謂女人的幸福。總有一天，我們會遇見「someone」，然後與對方共築幸福的家庭。這才是快樂的結局。我不要公主，我要的是丈夫。真正的烏丸紅子現身說法。

「我現在很幸福。但願大家也能遇見心愛的男人，獲得幸福。」

只可惜紅子的話沒有達到效果，只見擠在窗前的少女瞬間全都背過身去，跑過中庭，就像要遠離令她們萬般厭惡的東西，宛如逃離海嘯的野生動物，反應迅速。少女們頓時無影無蹤，只剩下紅子獨自走在走廊上。她回教室拿書包，沒有半個人向她搭話，她直接退到走廊。

走廊地板木紋光亮，映照著紅子蒼白的臉。走出校舍，茂密的銀杏滿樹金黃，扇形葉片在風中搖晃，好像在揮手道別。她和來時一樣孤身一人，魔法似乎已經失效，十七歲的烏丸紅子孤獨地轉身離開學園。

正當她舉步離開的那一刻，校舍的窗戶一齊打開。本應在上課的少女紛紛從窗子探出頭來，目送王子出發。數不清的雪白小手猛烈揮動。「啊。」紅子發出驚呼。嘈雜的人聲以可愛的女高音迴響，逐漸匯集，將她們的話語送進紅子耳裡。

「去──死！去──死！去──死！去──死！」

聲音愈來愈高亢，愈來愈響亮，一輩子鑽剜著一名少女──躲在高三教室裡，悄悄地將醜臉埋在教科書之中──的心，在秋日天空擴大、迴盪，幾乎響徹東京。

「去──死！去──死！去──死！去──死！」

「……為什麼？」

紅子百般不解地低語，然後毫不留戀地背對學園，再度邁開腳步。經過聖瑪莉安娜的巨像前時，驀地，她覺得唯有這個失蹤的修女聖瑪莉安娜能體會自己的心境。雖然沒得到巨像的回應，她也不在意，輕輕撫摸自己的肚子，心想出生的最好是男孩，因為女孩子實在太莫名其妙了。這是她在學園的最後一個念頭。一走出正門，她跳上等著的男人的跑車，就此將那個封閉的少女樂園遺忘。

偽王子有如過街老鼠遭到放逐，從此行蹤不明。

此乃一九六九年秋天，烏丸紅子戀愛事件的全貌。

我等讀書俱樂部，對此事尚稱滿足。畢竟此乃前所未有的壯舉，也感到自邊境向中央政界報一箭之仇的快慰。我，代號「橡皮擦子彈」，之所以在此悄悄記下歷史，也是由於本次事件遭到聖瑪莉安娜學園學生會扼殺，在相當於學園正式文件的學生會誌上一概不予記錄。學生會誌上，註明這一年的王子從缺。烏丸紅子之名成為禁忌，自少女樂園的正史抹去。然而，她曾經存在，確實存在。我等為了向那位完成此無人可及的奇功異業，隨風而逝的不良少女——烏丸紅子表示敬意，將一切記錄於此。

這一年或許因為「偽王子」的誕生而遭到詛咒，以外部升學為目標的高三生一一落馬；家庭破碎、破產而流離失所者有之，失足自大樓跌傷者有之，遭不良分子襲擊者有之——詛咒如黑風般吹襲樂園，撼動了我們。她曾經存在、她曾經存在，她曾經存在於此——風如惡魔般不斷低語。這一年，不受詛咒影響，輕鬆愉快地離開聖瑪莉安娜學園的，便只有妹尾薊一人。她考上安田講堂遭攻陷、淪為廢墟的東大，醜臉得意得閃著油光，腳步輕快地消失在紅門之後。戲劇社社長進入學園體系的大學；本應當選為王子的學妹成為社長，以正直的秉性率領戲劇社。後來她與慶應男友分手，又交了其他男友。當然，是謹守學生本分的清純交往。

女學生深受這個強大的詛咒威脅，此後不敢再提起那個名字，閉上嘴專注於課業。次年，王子選拔賽彷彿什麼事都沒發生過再度舉行，但已不見去年的狂熱。烏丸紅子之名成為禁忌，自正史消失，唯有在我．橡皮擦子彈所記錄的這本黑暗的讀書俱樂部社團紀錄簿中留名。

少女啊，妳是永恆。

人們啊，切勿無謂地危害樂園。

一九六九年度　讀書俱樂部社團紀錄簿

主筆〈橡皮擦子彈〉

第二章

聖女瑪莉安娜失蹤事件

天主，不存在。
惡魔，亦不存在。
諸君，世界如同南瓜，空空如也！

作者不詳
《哲學福音南瓜書》

於東京山手地區擁有廣大校地的聖瑪莉安娜學園，成立於遙遠的一九一九年。創辦人聖瑪莉安娜於前一年隻身自巴黎渡海來到日本，從西到東奔走在這狹小的島國。最後她的努力有了回報，學園可說是以她理想的形式，朝新時代的汪洋啟航。聖瑪莉安娜本人，也深受來學園就讀的異國良家子女敬愛。而這些女學生的敬愛之深，常令學園外的人感到異常。她們愛慕搖曳著一頭金髮的聖瑪莉安娜，早上贈花，中午以女高音獻唱讚美詩。老年她自教育現場退下，偶爾現身時，少女們便飛奔上前，圍住她，以小鳥般悅耳嬌嫩的聲音輕啼。那孺慕敬愛的情景顯得無限溫馨。

聖瑪莉安娜在親手創辦的學園生活了漫長的四十年，每年領著年輕學子前行，一點一點的、一點一點的，如綠樹落葉枯萎般老去。然而就在一九五九年，創校第四十年的冬天，她忽然自學園消失。事情發生在靜靜飄著雪的寂寥夜半，被積雪嚴密包圍的校舍裡找不到離去的足跡，但她的人卻不知何時消失了蹤影，就像雪人等不及春天便融化一般，十分不可思議。眾人始終遍尋不著她的下落。這起外國老婦突然失蹤的案件，也成為那年冬天各大報的頭條。

其實，瑪莉安娜畢生隱藏了一個重大祕密，與巴黎時代兄長之死有關，但事件的真相，與她親近的修女、敬愛她的學生是做夢也想不到的。事後，自殺、他殺、意外等種種臆測如不祥的黑金魚在學園上空遊走，不過最後警方研判並非犯罪事件。學園的實質營運也早已交由財團法人負責，因此沒有造成重大混亂。此時，東京吹起了六〇年代的安保風暴，接連發生樺美智子遭壓死、社會黨淺沼委員長遭刺殺等事件，註定名留歷史的人物死於非命，世人為此感到萬分痛心，一名外國老婦的失蹤新聞自然不久便自新聞版面中消失。隨著敬愛她的學生畢業，老聖女的離奇失蹤事件以及她驚人的祕密，也逐漸被學園內外淡忘。

留下來的，只有昔日年輕的聖瑪莉安娜面露微笑、表情若有所思的肖像畫，以及在她失蹤前一年塑造的、規模媲美鎌倉大佛的巨大銅像。

離奇失蹤的聖女瑪莉安娜，一八九九年出生於巴黎郊外的一個貧窮農村。父親是村裡唯一的天主教執事，是個嚴肅而苦行禁欲的人。母親則與父親形成對照，在貧困中也不忘高歌，開朗無憂。而瑪莉安娜像父親，生來喜歡追求真理。她是一男一女中的老么，父親看出她的特質，對她寄予厚望，為了讓女兒繼承自己的衣缽，才五歲便將她送進遠方的修道院。

與瑪莉安娜相反，長她六歲的兄長米歇爾像母親，是個散漫的孩子。個性開朗，但自幼桀傲不遜。五歲時，有天不知為何突然大喊天主不存在，受到父親嚴厲處罰。接著似乎連上天也要處罰他，他從騾馬上跌落摔傷了腳，導致右足微跛。或許是因為身體的殘缺，自此之後，儘管還是個孩子，他身上總是蒙著一層不可思議的暗影。父親察覺兒子的個性有缺陷，很早便不再指望他。米歇爾剛滿十八歲，便像要逃離父親和貧窮的村子，留下一句他得到獎學金要上大學，離開了家，但到了巴黎，成天只知玩樂不務正業，漫無目的耽溺於都會的逸樂。

一九一四年初，聖女瑪莉安娜與睽違已久的兄長米歇爾在巴黎重逢後，人生轟然崩潰，墜入與日後失蹤事件相關的另一個人生舞臺。

這一年，巴黎冷得寒流罩頂，但王宮廣場洋溢著足以趕跑寒意的熱鬧氣氛，因為吉普賽人事隔數年來此賣藝，巴黎的年輕人莫不為之著迷。

以樹葉落盡的七葉樹為背景，膚色黝黑的男男女女敲打著異國風情的樂器，舞動身體；老人演奏的手動風琴，像怪獸般以四足站立，發出悲傷的音色；旋轉木馬上的坐騎造形是前所未見的奇特生物，馬頭是長長的蛇身，一圈又一圈高速旋轉，坐在上頭的孩子興奮尖叫；展示全身鱗片的小人魚和連體女嬰的雜技棚裡，不時傳出客人愉快的驚呼。

塞納河染成灰色，聖母院積了雪，可怖的石像怪獸也像戴了一頂白帽子。戀人擁著彼此的肩漫步，攜家帶眷的人們簇擁而行。這一天，在被雪濡濕的人行道上，一個小個子青年吐著冷冷的白氣，匆匆而來。他是聖女之兄米歇爾。這時他剛滿二十歲，眼睛是做夢般迷濛的紫色，柔軟的頭髮垂落在胸前，呈現蜂蜜般的動人光澤。路上的女郎不時悄悄朝他看上幾眼，但米歇爾視而不見，時髦的靴子踩得咄咄作響，微微拖著腳，趕著走過馬賽克磚閃耀的大馬路。

抵達車站後米歇爾停下腳步，在排列而坐的旅人當中，找到了他要找的女孩。那個瘦弱的黑衣女孩，抱著一只簡陋的行李箱，一頭暗紅色或該說是鐵銹色的頭髮又粗又硬，長及腰際，站在與她髮色相同的中年男子——父親面前，神情無比認真地垂著頭。兩人的氣質如出一轍，一望即知是父女。父親嚴肅地正在說教，女兒以馴順的表情傾聽。不久，女孩發現了躲在藤蔓花紋的鐵柱後頭，又是鼓頰又是轉動眼珠做鬼臉的米歇爾，差點噗哧而笑。她連忙低下頭，瘦小的雙肩微微顫抖。

終於，父親說教完畢，父女彼此互望，同時在胸前緩緩畫了十字。父親在女兒鼻尖上輕輕一吻，消失在車站內，躲在鐵柱後的米歇爾鬆了一口氣，旋即走了出來。

他踩響靴子走近女孩，輕柔地喊道：「瑪莉安娜……」女孩臉上立刻綻放笑容，神采奕奕地奔過來，喊著「哥哥」，撲進米歇爾懷裡。

女孩正是米歇爾小六歲的妹妹，瑪莉安娜。她與光芒四射的美麗兄長成對照，外表並不起眼。灰色的眼眸有如隨時會下起雨來的陰霾天空，閃耀著思慮周密的沉靜之光。鐵銹色的頭髮未經保養，又粗又硬。但細看便可察知她的五官與兄長相似，十分清秀。瘦弱的瑪莉安娜一撲進哥哥懷裡，注意到四周有許多女子在癡癡望著米歇爾，忍不住像貓兒般慢慢瞇起眼睛。她讓哥哥幫忙提那只簡陋的行李箱，兄妹倆友愛地並肩出了車站，走上北風颯颯的大馬路。

「妳要直接去修道院嗎？」

「嗯，馬上就去。」

「妳第一次來巴黎，一定不認得路吧，要不是我來接妳，妳一定會在大都會裡迷路。」

「才不呢，父親說要送我，是我拒絕了。因為，我看到哥哥躲在柱子後面了。哥哥躲著父親，父親也不見哥哥一面就回村裡去……」

瑪莉安娜聲音小了些，失落地仰望哥哥的側臉。

瑪莉安娜是受到教會派遣，才千里迢迢由地方上的小修道院前往巴黎的修道會。本世紀初，法國政府基於「共和制的基礎在於公立教育而非私立教育」的思想，實施政教分離政策。政府鼓勵不教授宗教教義的義務教育機構，使得修道會四處碰壁，轉向國外尋求宗教教育的舞臺，開始派遣修士和修女到海外各國。瑪莉安娜便是在這樣的背景下，被拔擢為修道會所計畫的女子修道教育機關的教育培訓人員，為了刻苦進修而來到巴黎。但比起這些，能夠生活在數年才能見上一面的兄長附近，更令她感到欣喜與安心。

「爸爸剛才嘀嘀咕咕跟妳說了什麼？」

「父親說，要相信天主的力量，不惜努力成為更好的人，因為無論我們身在何處，天主都在我們身邊。」

「哦。可是，真的有天主嗎？」

「哥哥！」

「……好啦好啦，開玩笑的。妳用不著一臉傷心啦！」

米歇爾罪孽深重的玩笑，令瑪莉安娜誇張地驚跳起來。每次見面，兄長的舉措總令瑪莉安娜感到震驚，以致儘管兩人年紀相差六歲之多，她總是得出言規勸。瑪莉安娜不知不覺中儼然成為嚴父的翻版，成了「小父親」。然而日漸成長的妹妹愈是如此，米歇爾便愈是自暴自棄，像是要與之抗衡，長成一名玩世不恭的男子。小小的瑪莉安娜肩負起父親的期待，全心投入勤學與信仰的生活，可以說，她是個像兒子的女兒。相對的，美麗的米歇爾則是為母親寵愛、為異性愛慕，自在任性地過日子，是個女兒般的兒子。

來到廣場時，瑪莉安娜不可思議地望著那些唱歌跳舞的吉普賽人。注意到的米歇爾揚起一邊眉毛，問道：「怎麼了？想看嗎？」瑪莉安娜初次來到大都會，無論看到什麼、聽到什麼莫不感到新奇，但她興趣盎然地看了一會兒後，緊咬下唇，一臉苦行禁欲的表情，搖頭說：「……不想。」

來到位於聖母院旁的修道會，瑪莉安娜腳步輕快地跑上灰色的石階，渾身上下洋溢著對即將展開的生活懷抱的自豪與期待。在踏進石造大門之前，瑪莉安娜緩緩回過身去。兄長微傾著頭，臉上帶著溫柔的微笑仰望瑪莉安娜。閃閃發亮的蜂蜜色秀髮柔軟地覆在端正清秀的臉上，西斜的陽光將他照得好耀眼。哥哥看上去簡直就像長大的天使——瑪莉安娜深受感動。儘管米歇爾不過是個無所建樹的懶鬼，但他的魅力渾然天成，光是站著便引人注目。瑪莉安娜拉了拉自己粗硬的鐵銹色頭髮，害羞地悲傷一笑，轉身消失在修道會中。在這座中世紀以來便聳立於此的莊嚴石造建築裡，信仰與勤學的清苦生活正等待著年僅十五的瑪莉安娜。

至於米歇爾，將妹妹平安送到修道會之後，他便手插著口袋沿著來時路晃回去。方才掛在臉上的溫柔笑容，幻影般從臉上一掃而空，表情一沉，顯得憂鬱又有些刁蠻。嘴裡叼了一根菸，老氣橫秋地抽著，腳步閒散地離開了修道院的建築物。

他喜愛妹妹的心情確實沒有一絲虛假，但古板的修道會建築總令他聯想到父親，使他不願靠近。米歇爾從小便和父親處不來。父親說的話永遠是對的，但從中米歇爾卻絲毫感覺不出愛應有的純白光輝，他覺得像開朗的母親身上的那種溫馨關愛，才是人性最美好的一面。

父親因為笨拙，不懂得如何表達關愛，身為家人必須體諒這點——母親每有機會便如此規勸兒子，但年輕的米歇爾始終不明白母親話裡的真意。父親就是自己看到的那個冷血無情的男子。然而，儘管心裡這麼想，米歇爾也不明白，為何自己會如此深愛酷似父親的妹妹。即使會令他聯想到父親，但瑪莉安娜年紀還小，她總是固執地咬著嘴唇，像在忍耐什麼，那樣的表情讓米歇爾心疼不已。

米歇爾為了逃離父親來到大都會巴黎，已將近三年。至於他在這裡的作為，不過是與幾個損友在冷門地段開了一家「讀書俱樂部」，靠微薄的收入過活。這陣子巴黎開了許多人稱讀書俱樂部的租書店。有「艱澀學術書籍俱樂部」，服務買不起教科書的窮大學生；有「娛樂小說俱樂部」，沉迷於時下流行的羅曼史小說的年輕女僕經常光顧。各種租書店依用途應運而生，隨處可見。而米歇爾與損友經營的讀書俱樂部，則專門收集書籍管制繁瑣的路易王朝時代在地下流通的禁書，也就是「禁書俱樂部」。這些禁書是他們一同夜遊的不良貴族朋友贈送的。從朋友家倉庫搬來大量禁書，租了一個小店面，他們提心吊膽地開張營業。幸好店裡不時有客人上門，像是喜愛奇書的中年紳士或醉翁之意不在書、目的是為了與米歇爾等美青年交談而來的女孩等等，總算能夠支應生活。

當然，米歇爾心中不免感到焦慮，知道不能一直這樣下去。在巴黎認識的朋友已經陸續完成學業，結婚養家，逐漸成為頭角崢嶸的人物。只有米歇爾與他的夥伴仍舊日復一日隨波逐流，過一天算一天，明日和今日過得沒什麼不同。儘管生性樂觀散漫，但他一直強烈感覺到自己身上有股未知的力量沉眠著。現在的自己確實沒有付出任何努力，但那只是因為還沒有找到努力的目標。一旦找到，自己便會勇敢、無私、精力充沛、比任何人都熱中於達成目標，成為男子漢中的男子漢。他希望父親不要以現在一事無成的自己來評斷，等看到自己屆時的模樣再下定論。雖鎮日遊手好閒，他內心始終這麼想。這個時期的巴黎充斥著無所事事的年輕人，米歇爾正是其中一員。

十天後，小修女瑪莉安娜造訪了由這群憂鬱青年經營、位處僻地的讀書俱樂部。

下雪的日子巴黎打從白天便寒意刺骨，路上行人也不多話，行色匆匆。瑪莉安娜費了一番工夫總算抵達聖母院後巷——人偶店、蕾絲盤商、鈕扣專賣店林立的七葉樹小路上——專營禁書的讀書俱樂部，她撥弄著粗硬的鐵銹色頭髮，猶豫著該不該推開門。

四周的店鋪在玻璃櫥窗裡擺飾了玲瑯滿目的商品招徠客人。五彩繽紛的鈕扣，如夢似幻的蕾絲，花朵圖案的盤子與茶具；填滿可疑液體的香水瓶，瓶身還刻上姿態不雅的裸女雕像。對在鄉下長大的瑪莉安娜而言，這一切是如此燦爛奪目，莫不散發出都會特有的背德味道，充滿了歡樂氣息，對奢華的憧憬，男女煽情又悲哀的欲望。看在清純的瑪莉安娜眼中，這些東西既奇妙又罪孽深重。此刻，瑪莉安娜來到了她要找的住址，怯生生地望著位於一幢古老紅磚建築——人稱「拿破崙公寓」，拿破崙三世於上一世紀為勞工興建的低租金集合住宅之一——的一樓店鋪前。

「瑪莉安娜！」

這家店沒有半個窗戶，只有一扇黑沉沉的門，顯得十分神祕。店門打了開來，米歇爾飛奔而出。掛在門上的粗陋木招牌微微晃動。瑪莉安娜瞇起暗淡的灰色眼眸，抬頭看招牌。

招牌上以可愛渾圓的字體這樣寫著。那是哥哥獨具風格的字跡。瑪莉安娜在米歐爾偶爾不時寄到修道院的明信片上看過。是的，「哲學福音南瓜」正是這家專營禁書的讀書俱樂部的店名，是她長大成人的兄長的城堡。

瑪莉安娜歪著頭，小聲地說：「院長准許我自由活動，我就來了。」由於成績優異，品行良好，瑪莉安娜很快便得到師長信任，經院長親自批准，得以自由活動。她一有機會走出修道會的建築，便直接來找哥哥。順著妹妹驚奇的視線，米歐爾瞥了一眼鄰近店家櫥窗展示的一只紅色香水瓶。他燦然一笑，拉著妹妹的手說：「進來吧。」由於店內昏暗又不明底細，瑪莉安娜有些害怕，一時退縮，不過，她決定相信哥哥，便用力回握兄長的手，挺直了背脊，像個小教宗般昂然邁步。

分明是白天，但因為沒有窗戶，店內一片昏暗。幾盞不知是在跳蚤市場買來還是路邊撿到、樣式不一的破油燈散發著矇矓的燈光。四面牆全是書，老舊的書脊宛如瞪大了眼睛的老人俯視著瑪莉安娜，教人發毛。屋子裡充塞著古本舊籍塵封帶潮的獨特氣味。空間很小，四處擺放著同樣看似從跳蚤市場收集而來、風格設計各異的椅子。日式風格，俗麗的洛可可樣式，甚至是葡萄酒桶。瑪莉安娜從那些亂七八糟卻令人無法討厭的家具擺放方式，看出哥哥的個性，不禁喃喃地說：從客人選擇入座的椅子，可以看出那人的特質呢。對，好比像我，如果要我挑一張喜歡的椅子坐，我一定會自動坐上那張硬邦邦的木椅吧。哥哥個性隨興又開明，很適合那張設計奇特的日本風椅子。對了，還有……

「瑪莉安娜？」

米歇爾這一喊，讓瑪莉安娜回過神來。

適應店裡的光線之後，散布各處的客人身影也隨之浮現。身穿做工良好的西裝、手持龍頭枴杖的老紳士，正專注地看著書；戴著黑框眼鏡、一身女教師風範的婦人，則是托著腮出神沉思；幾個年輕女孩聚在角落，神情嚴肅地傳閱一本書，並不時朝米歇爾瞟上幾眼。這些客人，確實都坐在適合他們的命運之椅上。

在米歇爾的招呼下，瑪莉安娜走進位於角落的櫃臺。她在木箱坐下，米歇爾為她煮了濃縮咖啡。「這裡的書可以外借，不過也可以選擇在店內閱讀，以小時計費。

濃縮咖啡是提供給在店內看書的客人的特別服務。」聽米歇爾如此解釋，瑪莉安娜大感驚奇。一直生活在修道院的瑪莉安娜涉世未深，不曉得竟有這種買賣。她也忍不住揣測，要是父親知道哥哥在經營這種帶著犯罪氣息的怪店會作何感想。

彷彿猜到了瑪莉安娜的心思，米歇爾低聲地說：「我是我。」他將裝了濃縮咖啡的杯子放在妹妹面前，自己慵懶地抽起水菸。

「可是，哥哥。」

「就像妳就是妳，瑪莉安娜，我的小鳥兒。」

瑪莉安娜想說些什麼，但想到的話都像是來自父親的教訓，便沒有開口。哥哥的側臉滿是憂鬱，讓做妹妹的不敢作聲。喝一口濃縮咖啡，嘴裡充塞著從未體驗過的甘醇苦味，瑪莉安娜不禁低聲發出呻吟。

「哲學福音南瓜」店裡的書，全是波旁王朝被推翻之前充斥於法國的禁書。在那個時代，政府禁止一切不利於君主制的書籍通行，商人應客戶的要求印製禁書，悄悄流通。其中代表性的出版社「聖母南瓜書房」，是家總公司位於巴黎的大型地下出版社，在里昂和日內瓦也設有分公司。出版的書籍內容有譏諷王室的緋聞、舉發巴士底監獄不合理待遇的社會批判派書籍，也有提倡教會禁止的邪惡無神論的哲學書籍、像得了強迫症般再三描寫情色場面的官能小說……等。聖母南瓜書房的員工或將這些書的封面印製為聖經，或將內容隔頁安插於另一本書中，來蒙蔽審查官的檢閱，冒險將書送到客戶手上。起初書籍的內容娛樂性質較強，但到了王朝末期，開始發揮煽動民心的功能，倡議法國必須革命的思想，呼籲民眾思考何謂自由的意義。隨著書籍在地下流通，言語的力量有如濁流逐漸增強。革命之後，禁書解放，由地下轉為地上，不再遭禁。然而當這些書堂而皇之地充斥地上書店的同時，魅力竟如黑魔法般見光失效，曾幾何時又自街頭巷尾消失。

在這些往昔的禁書當中，米歇爾最珍視的愛書，便是一本闡述無神論的哲學書，作者不詳的《哲學福音南瓜書》。部分人士聲稱作者是個老人，白天是聖職人員，夜晚經營聖母南瓜書房，偷偷寫下著作，但如今已無從查證。瑪莉安娜表示想讀，米歇爾聽了擔心地皺起眉頭，但終究還是答應，對妹妹說：「要保密哦。」將一本黴味撲鼻、封面漆黑的書交給了她。瑪莉安娜一翻開書頁，映入眼簾的便是「天主，不存在」這等罪孽深重的句子。她彷彿屁股被人踢了一腳，自充當椅子的木箱跳了起來，但隨即就恢復冷靜，一臉嚴肅地靜靜讀下去。

「天主，不存在。
惡魔，亦不存在。

諸君，世界有如南瓜，空空如也！」

「人心具有欲望，欲望生出愛、生出恨，生出時間，劃出國界，生出占有，發明了自我輕賤，而最造孽的是，啊啊，生出了天主，生出了惡魔。」

「將世界清空吧！如南瓜一般，如南瓜一般。南瓜！南瓜！諸君，世界必須一如南瓜。」

瑪莉安娜沉浸在閱讀之中，時間在不知不覺中消逝，她回過神時，發現狹小的櫃臺裡多了兩名陌生青年，緊靠著她坐在木箱上。瑪莉安娜從閱畢的書本中抬起頭來，驚訝地望著兩人。只見青年不斷替絡繹不絕的客人端出濃縮咖啡，收下硬幣，說上一兩句簡短機智的笑話。兩人一個是黑髮深藍眼、表情落寞的青年，一個是紅長髮、有著貓一般倨傲綠眼的高瘦青年。兩人外表南轅北轍，但奇妙的是，身上都有一股與哥哥米歇爾酷似的氣質。與世界作對的孤獨冷焰，自青年的體內升起狼煙。到了夜晚，彷彿受到這道孤寂的狼煙吸引，眼神同樣凝重的客人愈來愈多，各自坐在命運之椅上，翻閱過去曾經有罪，如今已不再遭禁的書籍。客人從少女以至老人，各種年齡性別都有，相同的是，每張臉上都滿布悲傷，有著因憤怒而冷冷燃燒的精神刻印。

紅髮青年勞爾注意到瑪莉安娜讀完書了，便呼喚米歇爾，而黑髮青年尚則大力撫摸著瑪莉安娜的頭。米歇爾倒在櫃臺後面的破沙發抽水菸，他緩緩爬起來，拉起瑪莉安娜的手，說：「我送妳。」兩人一起離開了俱樂部。

來到外頭，蒼白的月亮照亮了雪路。石像怪獸詭譎的影子自聖母院落下，在路燈的照射下不祥地拉得老長。因為不小心讀了罪過的書，瑪莉安娜在心中懺悔。她牽著哥哥的手，緩緩走在覆雪的小路上。白天那些燦爛奪目的商店早已打烊，營業的店家換成以年輕人為客群的葡萄酒吧和廉價飯館，逸樂歡快的喧譁聲自店內傳出來。米歇爾望著瑪莉安娜的小臉，問道：

「妳讀得好專心啊，覺得有趣嗎？」

「一點也不……」

瑪莉安娜搖搖頭。粗硬的頭髮宛如反映了她沉重的心，跟著緩緩擺動。

瑪莉安娜天生像父親，對事物很少感到疑問，信仰堅定，對她而言，哥哥的心一直是個謎。讀過哥哥衷愛的書，瑪莉安娜才總算了解，米歇爾是因為習慣質疑既有的價值觀，過度深入思考，才會進而產生迷惑。瑪莉安娜心想，米歇爾或許是對父親的教誨，也就是所謂的信仰與正道，感到質疑和不解。讀書俱樂部的客人也是具有相同特質的一群人。質疑是美的，思考是正確的，但是，那也是一條容易令人墜入虛無、引人走向毀滅的可怕道路。天主啊，求求您，請不要讓哥哥的靈魂落入南瓜世界的魔手、名為空洞的虛無——瑪莉安娜在心中向天主禱告著。

米歇爾對妹妹的苦惱絲毫不察，失望地垂下雙肩。

「這樣啊，不有趣嗎，看妳讀得那麼認真。倒是，妳的背影和爸爸愈來愈像了。」

「討厭，才沒有呢！」

瑪莉安娜搖搖頭，緊握住哥哥的手。

「我喜歡哥哥，我是想了解哥哥才讀的。」

「……那妳如願了嗎？」

「沒有。不過，我還是喜歡哥哥。」

看到瑪莉安娜悶悶不樂的表情，米歇爾悲傷地蹙起眉頭。來到修道會前，他滿懷恨意，瞪視著那幢莊嚴古板，壓迫感有如父親的建築物。

「哥哥？」

米歇爾彎下身子，在妹妹的小圓鼻上輕輕一吻。瑪莉安娜癢得縮起脖子。米歇爾抱了抱妹妹瘦巴巴的身子，低聲說：「別太勉強自己，太認真會折壽的。」他目送妹妹跑上石階，打開門，待妹妹的身影被吸入修道會的建築物裡，便匆匆沿著來時路折返。

一回到讀書俱樂部，合夥人尚與勞爾一臉促狹地等著他。一個躺在沙發上，一個在櫃臺托著腮讀書，兩人一等米歇爾冷得縮著脖子回來，便迫不及待地說：

「惡魔米歇爾在妹妹面前完全變了一個樣啊。」

「再沒有比這更嚇人的了。」

被兩人爭相調侃，米歇爾的臉色沉了下來。他叼起菸，不悅地點了火。

「……哪有這回事。」

「惡魔米歇爾」，是損友半開玩笑替這名不知令多少巴黎女孩落淚的美青年取的綽號。遭朋友取笑的米歇爾心情不佳，隨手將瑪莉安娜留下的《哲學福音南瓜書》放回書架上，又一次低聲重複：「沒有這回事。」

此後瑪莉安娜忙於學業，無法取得休假，沒有再去找米歇爾。大約過了三個月，瑪莉安娜總算可以自由行動時，冬天已然告終，溫暖的季節來臨了。

冰雪下的巴黎，蕭瑟的冬天終於結束，七葉樹小徑上鳥兒交錯飛舞，稍來春的訊息。陽光更添耀眼，照亮林木，綠葉在乾爽的風中搖曳。

在王宮廣場繞圈的旋轉木馬也放慢了速度，起初乘坐的都是孩子和年輕情侶，但近來只見一臉內向的老人和嚴肅的女教師也坐在蛇身上，提心吊膽地隨之旋轉。年輕的吉普賽人意興闌珊地彈奏著怪獸造形的四腳手動風琴。差不多也到了他們向北移動的季節了。這一天，瑪莉安娜造訪了久違的「哲學福音南瓜」。她的臉蛋似乎成熟了一點。季節同樣降臨在少女身上，快速撥動時間的指針，讓孩子一步步確實地長大成人。

瑪莉安娜聽哥哥說到吉普賽人即將離去的消息，有些遺憾地答道：「這樣啊。」米歇爾把店交給尚和勞爾，帶著妹妹來到店外。

瑪莉安娜腳步輕快。米歇爾的頭髮長了一些，在春風吹拂下有如青壯駿馬的鬃毛。瑪莉安娜瞇著眼仰望耀眼的哥哥，微微一笑。不久，兩人來到王宮廣場，米歇爾指著吉普賽人說：

「選一個妳喜歡的吧，有旋轉木馬、雜耍棚和舞蹈秀。」

「這怎麼行呢！」

瑪莉安娜連忙搖頭，鐵銹色的頭髮晃動著，眼眸裡露出怯色。只見怯色愈來愈濃，瑪莉安娜緊緊閉上眼睛。

米歇爾覺得好笑，湊過去凝視著妹妹的臉說：

「偶爾小小尋個開心，天主不會責怪的，爸爸也不會。娛樂和開心都不是罪過。」

「哥哥……」

「那算命怎麼樣？來算算妳的未來吧！我看一定是光明燦爛，前途無可限量。」

和我不同——米歇爾在心中補上這一句。瑪莉安娜彷彿聽到了這句無聲的話語，雙眸頓時黯淡下來，依著哥哥的提議，輕聲踏進搭起黑色與紫色帳子的算命攤。

攤內黑濛濛一片。瑪莉安娜緊挨著哥哥的背，環視四周，眼睛適應光線後，看到一個滿頭骯髒銀髮的老婆婆蹲在一角，面前有顆淡紫色的水晶球。察覺兩人進來，老婆婆白濁的眼睛斗然睜開，咧開沒有牙齒的嘴笑了。

「想問未來嗎？還是想詛咒過去？」

「……問未來。」瑪莉安娜怯生生地說。

她清澈的聲音顫抖著，老婆婆微微瞇起眼睛，瑪莉安娜很快又說：「為了創辦教會女校，我準備遠渡重洋，到外國擔任教職。我也知道外國生活困難重重，我想請問，教育機構能不能順利營運，那間學園的未來是不是充滿希望。」從未聽妹妹提起夢想的米歇爾，一反常態神情認真地凝視瑪莉安娜顫抖的嘴角。

老婆婆望進水晶球，嘴裡念念有詞，然後以嘶啞的尖聲說道：

「啊啊，我看到一所學校。哦，有好大一個妳。」

「好大一個我？」

「是銅像。哈哈哈哈，還做得真大啊！」

「咦咦？」

「學園會開上一百年。」

「……一百年？」

「是啊，就像一場漫長的沉睡。百年之後，會有外來者到來。」

「外來者？那是什麼意思？」

「男人啊，是妳帶來的。然後，你們會混在一起。」

「……」

「妳要問的是什麼？哦，學園的未來是否充滿希望是吧？那當然了。不過，這些孩子長相真奇怪，妳究竟要去哪個國家啊？我從來沒看過這麼黃的膚色，看來是很遙遠的國度。」

「咦……」

「……不過，在妳出發到異國前，會遇上怪事。真是怪事，妳會改變，會發生重大的轉變。妳變得判若兩人。這真是奇怪了。」

老婆婆呻吟著說，然後猛搖一頭銀髮，發瘋似地狂笑起來。瑪莉安娜很害怕，蹙著眉頭瞪視老婆婆。米歇爾付了錢，拉著妹妹走出算命攤。瑪莉安娜嚇得像隻顫抖的小鳥，不過在廣場的長椅上休息片刻後，又恢復了精神。

「哥哥，那人說的話真奇怪。重大的轉變究竟是指什麼？在出發之前，我究竟會遇上什麼事呢……」

瑪莉安娜喃喃地說。米歇爾偏著頭，答道：「不知道呢。會不會是指心境上的變化呢？」

這一天，兄妹倆在天氣回暖的巴黎散步，悠閒度過。話向來少的瑪莉安娜向兄長娓娓而談成立教育機構的工作。她認為女子教育勢在必行，只不過由於太過年輕，想法未臻成熟，言談時話語有些斷斷續續。米歇爾溫柔地附和著，傾聽妹妹說話。

春天來了，轉眼又走了，巴黎正迎接短暫的夏天。做哥哥的生活一成不變，照常看店，讀書，與朋友閒扯，日復一日。常客中一個有錢女孩向他求婚，他與同伴笑說：「娶她也好，至少以後不愁吃穿。」依舊夜夜尋歡作樂。做妹妹的則是在修道會中修習必要的知識，有如吃飽了風的帆船，朝派遣至海外的那一天筆直挺進。

這一年夏天，奧匈帝國皇太子在塞拉耶佛遭到暗殺，戰火如野火燎原般轉眼遍及世界。這場日後被稱為「第一次世界大戰」的戰爭規模空前，撼動了全法國。瑪莉安娜依舊人在修道會深處，過著日夜向天主祈禱的生活；米歇爾則懷抱南瓜世界的虛無，目送同伴一一入伍，被捲入這場浩劫。勞爾喃喃地說：「我一定沒辦法活著回來。」尚則是吻著情人保證：「我會活著回來的！」兩人雙雙踏上軍旅。唯有米歇爾，因為不良於行而逃過徵兵。讀書俱樂部如今只剩米歇爾獨自看顧，無論白晝夜晚，他躺在客人逐漸減少的「哲學福音南瓜」俱樂部裡，抽著水菸，讀著書。靠著收音機，他對激烈的戰況瞭如指掌。男人的身影逐漸自城內消失，俱樂部的客人清一色是學生模樣的少女和退休老人。儘管客人和米歇爾都是一副世外之人的表情，彷彿不知外頭的世界正發生戰爭，其實他們的內心莫不極度不安，只好每天靜靜地翻閱禁書，聊以自慰。

四年後，也就是一九一八年，大戰終於落幕。紅髮勞爾失去右臂，黑髮藍眼的尚失去了左眼，兩人蹣跚歸來。這時，完成學業的瑪莉安娜啟程的季節也不遠了。這件事，米歇爾是自深夜來訪的瑪莉安娜嘴裡聽說的。這四年來，米歇爾身上只見虛無的影子加深，幾乎沒有改變。小妹妹瑪莉安娜倒是長高許多，平靜的灰眸更添靜謐與智慧的光輝，長成一位獨當一面的修女。她一踏進俱樂部，懶散癱坐的客人也不由得坐正身子。櫃臺內，一如戰爭前，單眼的尚與獨臂的勞爾落寞地微笑著。

「哥哥，我預計在今年啟程。」

瑪莉安娜啜飲著濃縮咖啡，平靜地說。

「在海的那一端，孩子們正等著我。我相信，我的使命就是把天主的愛傳遞給她們，教導她們走上正確的道路。」

米歇爾抽著水菸，喃喃地說：

「……可是，真的有天主嗎？」

「哥哥！」

「哎，開玩笑的……。祝福妳，瑪莉安娜，我的小鳥兒。」

獨臂的勞爾靈巧地翻著書問道：「小修女，妳究竟被派到哪個國家？」

「哎呀，我已經不小了。」瑪莉安娜逗趣地笑著說。「我要到日本去，那是個非常遙遠、在海的另一端的島國。我要到日本去，向那些和過去的我一樣年幼的孩子，傳播天主的教誨。」

「可是，妳到那麼遠的地方去，不就再也見不到米歇爾了啊？」

「……是呀。我再也見不到哥哥了，也許也見不到父親和母親了。一旦踏上旅程，可能再也無法回到法國。但是，成人之後，每個人都有他該走的路。那是條單行道，有去無回。任何事物都無法留住前行的我，無論是愛也好，恨也好，至親也好，朋友也好，都無法阻止懷抱信念勇往直前的女人。」

米歐爾不發一語地注視著瑪莉安娜。

這一晚，長大成人的瑪莉安娜靜靜地微笑著，以聽者無不深受感動的堅定語調訴說著。毫不動搖的堅定眼眸，或許是顏色相同的關係，與父親相像得驚人。瑪莉安娜向哥哥告別，走出俱樂部後，回頭望了望那扇發黑的門。她想起十五歲第一次來到這家店時，曾因為畏懼店裡的犯罪氣息而怯步不前的往事。米歐爾送她到店外。這一夜，他同樣護送妹妹回到修道會，不過路程中他出奇沉默，臨別之際，只在妹妹額上輕輕一吻，便迅速轉身，彷彿在懼怕什麼。

「哥哥。」

瑪莉安娜小聲喚道。米歐爾回頭問：「什麼事？」

「哥哥，唔，你要和那個人結婚嗎？」

「……大概吧。」

戰前曾多次向米歐爾求婚的那個有錢女孩的事，瑪莉安娜也略有所聞，而她也知道哥哥並不愛她。哥哥所在的那個虛無奇特的南瓜世界，像冰冷的水一吋又一吋升高。不是出於愛而是為了貪圖逸樂，以自行赴死的腳步輕易邁入婚姻，瑪莉安娜察覺到兄長盲目迷失、自暴自棄的心情。哥哥沒有找到值得投注心力的事物，沒有找到能夠勇往直前的道路，徒然浪擲歲月。那本禁書中的虛無言論，不祥地動搖了瑪莉安娜平靜又豐饒如海的心。

「動物心中沒有天主，唯有人類發明出天主這個道具，做出文明這個舞臺。天主這個幻影只存在於人類的主觀之中，不過就是以人的弱點創造出來的共同幻想。人類不能失去天主這個幻想，否則將無法自處。」

「福音之名亦可以死稱之。與其痛苦地生，南瓜般的死更加甜美、永恆。而死，在死後仍會持續百年──」

光是回想起這些罪孽深重的字句，瑪莉安娜便心生恐懼，但她什麼都沒說。米歇爾低聲叫住妹妹，從懷裡拿出一個東西，輕輕放在瑪莉安娜冰冷的手心裡。那是在許久許久以前的那一天，第一次造訪讀書俱樂部的瑪莉安娜曾盯著看的那只玻璃香水瓶。這只香水瓶當時就裝飾在隔壁香水店的櫥窗裡，年幼的瑪莉安娜是因害怕它散發出來的罪惡氣息才盯著看，米歇爾卻誤以為妹妹想要。買雖買了，但這是件不適合修女的禮物，因此他遲遲沒有送出去。他把香水瓶交給妹妹。「這草莓香水，送妳……」米歇爾低聲說完便轉身離去。瑪莉安娜不知如何是好，佇立原地。暗紅色的玻璃香水瓶，在她看來就像是哥哥身上的絕望的顏色。瑪莉安娜踩著沉重的腳步爬上修道會的石階，心裡捲起幾近於悲傷、懊悔與虛無的漩渦。

這對作風截然不同的兄妹，本應因妹妹的啟程遠揚而永別。但那年秋天，使他們倆的命運發生重大改變的事件發生了，就在瑪莉安娜出發前夕的一個夜晚。

那一夜，清亮的月光打在修道會灰撲撲的建築物上，星光也如撒落的滿天寶石般燦爛。紅髮的勞爾人在建築物後的土堤上，左手拾起小石頭，不斷朝窗子丟。他的右臂在戰火中被炸斷，如今只剩下空盪盪的袖子擺動著。

不知是第幾次的挑戰，他瞄準的窗戶總算悄悄地打開了。瑪莉安娜蒼白的臉探了出來，詫異地四處張望，一看到單手猛揮的勞爾，便語帶責備地問：「究竟有什麼事？」

「米歇爾病倒了。已經一個星期了，他得了傳染病。」

瑪莉安娜吃驚得連連眨眼。簡樸的房內只有一只粗陋的行李箱，是為三天後的啟程整理好的行裝。愛也罷、恨也罷、至親也罷、朋友也罷，這個不會被任何事物阻擾、勇往直前的善良修女，在這個國家將不留下任何東西。瑪莉安娜略加思索後，向修道院長說明情由，並獲得了許可，離開修道會去探視兄長。

在勞爾的帶領下，她在夜色中狂奔，一路趕往米歇爾的住處。毫無矯飾的木鞋每跑一步，便在石板路上發出悶擊聲。哥哥在蒙馬特的公寓「蜂巢」，就像一個金碧輝煌的垃圾窩，舞孃、窮學生與落魄藝術家全擠在一起。每次與穿著暴露的舞孃在樓梯上擦身而過，瑪莉安娜都會在胸前畫十字，低聲禱告。

「米歇爾不准我們告訴妳。」

上樓時，勞爾不滿地咕噥說道。瑪莉安娜默默點頭。

「他說不要讓妳在出發之際為他擔心。……可是，我想妳一定想知道的。」

「是的，當然。」瑪莉安娜低聲說。「哥哥真傻。」

「就是這裡了。喂，尚……」

單薄的木門打開，不祥地發出「嘰——」的聲響。房間很小，書籍、酒瓶、女孩們送的精美禮物堆積如山，顯得逸樂、凌亂。米歇爾睡在裡面的床上，蜂蜜色的頭髮邋遢地散在枕頭上。黑髮的尚一臉疲憊地坐在床旁。

「醫生怎麼說？」

「可能是傷寒。可是這時候，每家醫院都住滿了戰爭的傷患……」

米歇爾因高燒而迷矇的雙眼，無神地望向妹妹。瑪莉安娜的長髮依然粗硬，垂落在腰際，散發鐵銹般暗淡的光輝。她的眼眸就像太古之湖般平靜。瑪莉安娜在枕邊坐下，湊近凝視哥哥的臉，發燒得神智不清的米歇爾像孩子般不安地問：「……是爸爸？」那雙酷似父親的灰色眼眸，讓他在迷糊之間看錯了。「不是，是你的小妹妹。」瑪莉安娜說。米歇爾以幾乎無法聽見的微弱聲音呻吟著。米歇爾燒得神智不清，想說話也說不完全，如果可能，他很想對妹妹說：「別擔心我，妳就照計畫勇往直前吧！」瑪莉安娜雙手握緊哥哥的手，臉上帶著小時候那種認真的、像在忍耐什麼的神情，一心向天主禱告。

「天主啊，請救救哥哥。哥哥的靈魂還在世上徘徊迷茫，請別在此時召喚他回天堂。哥哥的人生需要多花些時間才能尋得幸福，內心才能平安喜樂。哥哥也許是那種年輕時徬徨不定，臨到老年才會悟道的人，他是可憐的迷途羔羊，還不能奉主寵召。天主啊，請救救哥哥。」

（——可是，真的有天主嗎？）

米歇爾想笑，看著妹妹過分認真的臉蛋，在心中喃喃地說。瑪莉安娜念念有詞地繼續禱告：

「若您無論如何都要帶走一人，那麼我願意獻上我的生命。請讓我來代替哥哥。請不要帶走哥哥。我希望哥哥留在人世，請賜與這個可憐的人足夠的時間找到您。」

米歇爾被妹妹緊握著手，陷入沉眠。

當他醒來時，朝陽自小小的落地窗灑落進來，鳥兒放聲鳴叫。米歇爾發現天亮了，也注意到自己能出聲了，喃喃說道：「天亮了啊。」慢慢爬起身來。前一天還無法動彈的身子此刻輕盈得令人難以置信，頭也不再覺得沉重了。

他一起身，枕畔的瑪莉安娜身子突然無力癱倒。「瑪莉安娜？」米歐爾低聲叫喚，連忙扶住妹妹。緊接著，他倒抽一口氣。一夜過去，妹妹的身子竟變得像石頭又硬又冷。米歐爾顫抖地撥開妹妹的頭髮，察看她蒼白的小臉，那向來綻放微光的眼眸已經僵直，嘴唇毫無血色，臉上沒有任何表情，不見憤怒，不見哀傷，甚至失去了信仰的光輝，平靜而空洞。米歐爾一把抱住她的身軀，顫抖的嘴唇貼在妹妹冰冷的額頭上、鼻子上、嘴唇上。但他觸及的每個地方都如人偶皮膚般乾枯。妹妹死了。瑪莉安娜聰慧的靈魂已經不在這裡了，這具身軀不過是靈魂脫離之後的空殼。而米歐爾的病，彷彿不曾發生過一般完全痊癒了。米歐爾瞪大了柔和的紫色眼眸，絕望地大喊：

「這不是真的……」

瑪莉安娜的空殼仍坐在椅子上，有如損壞的人偶，鐵銹色長髮垂落在地上。

「怎麼會這樣？她應該好好地活著，該死的，是一文不值的我啊！妹妹的夢想怎麼辦？她要去日本成立的教育機構怎麼辦呢？」

米歐爾抓扯著秀髮，說個不停。他不死心地猛搖妹妹的身軀，但唯有鐵銹光澤的髮絲搖晃著，瑪莉安娜冰冷乾枯的軀體頹然無力，就像人偶。米歐爾拖著腳在房內踱步，抓扯著頭髮，喃喃自語。

的我！」

「爸爸呢？他比誰都愛妳啊！失去了妳，他活得下去嗎？他豈會原諒讓妳死去

米歇爾環視房內，小聲呼喚妹妹的靈魂。他顫抖著走下公寓的樓梯，來到馬路上，仰望天空繼續呼喚。但無論米歇爾走到哪裡，都找不到瑪莉安娜了。夜裡，她的靈魂已經毫不猶豫地筆直走入召喚她的天堂。

米歇爾後來被勞爾和尚拖回房裡。米歇爾高燒已退，除了身體關節有些緊繃刺痛外，沒有其他不適。

到了晚上，米歇爾請求失魂落魄的朋友，拜託他們一件事。

「請你們把妹妹當作我埋藏。」

「你說什麼？把瑪莉安娜當作你？」

「我們長得很像，只要閉上眼睛，遮住頭髮，別人應該看不出來。請你們就當死去的是我。要是知道妹妹死了，我父親一定無法承受這個悲傷的打擊。」

「你死了難道你父親不難過嗎？」

「……是啊。」

米歇爾語帶譏諷，低聲回應。他將瑪莉安娜託付給朋友，自己則套上她的黑衣，冷冷地說：

「這世上根本沒有天主。要是有，怎麼會發生這麼殘忍的事？我的小鳥兒。」

「米歐爾……」

「我妹妹就拜託你們了。我們就此告別。」

低聲說完，米歐爾走出公寓。他的朋友都說不出話來，只能默默目送米歐爾離去。走在路上的米歐爾漸漸收起男人的大步伐，微微低下頭，彷彿在隱忍什麼似地緩慢行進，背影像極了瑪莉安娜。他們的朋友，惡魔米歐爾，混雜在出租馬車與行色匆匆的行人之間，化身為他的妹妹，轉眼間便走得老遠。

勞爾和尚為瑪莉安娜換上男裝，將頭髮藏在米歐爾喜愛的帽子裡，悄悄把她葬在蒙馬特山丘上的墓地。死去的瑪莉安娜，長相確實驚人地酷似米歐爾。兩個朋友俯視著棺木逐漸降下黑暗的墓穴，愈來愈搞不清楚死去的究竟是哥哥還是妹妹，但他們還是寫了信，通知他們的父親米歐爾死於傳染病的消息。到了船出港的那一天，兩人換乘出租馬車前往港口。他們半信半疑地尋找瑪莉安娜——米歐爾——的身影，只見一個全身黑衣，變身成瑪莉安娜的人影如亡靈般悄然而立。修道會的人以為瑪莉安娜是因為失去了兄長過度悲傷，容貌才變了樣，對她寄予同情，毫不懷疑。兩名好友將米歐爾的愛書《哲學福音南瓜書》遞給瑪莉安娜。瑪莉安娜嘲諷地笑著收下這本以「天主，不存在；惡魔，亦不存在」開頭的離經叛道的書。他轉身背對修道會的人，像個輕佻的女人蹙著眉頭叼起菸，點了火。淡淡地說：

「……謝謝。」

「你真的、真的要去嗎？一去就再也回不了巴黎嘍。本來你日子過得輕鬆愉快，還差點就討了一個有錢老婆。」

「我要去日本，去實現妹妹的夢想。」

瑪莉安娜紫色的雙眼蒙上陰影，搖搖頭。

「失去了妹妹以後，世界真的就像南瓜一樣變得空空如也。我要去，去走那條該死的正道……」

瑪莉安娜在遲疑中上了船。在修道會的人目送下，船駛離了港口。單眼與獨臂的兩名俊美青年，只能怔怔望著以修女身分渡海前往異國的友人。

東洋小國日本戰後與列強並駕齊驅，急速地現代化。天主教主教向大正天皇上呈教宗的親筆信，各報的社論開始提倡天主教高等教育機構的必要性。新教各派的教育機構先行成立，同志社大學、青山學院、明治學院開了先河，天主教也隨著聖摩爾教會、聖保羅教會、聖心教會的成立而開始扎根。

沒見過歐洲女性的日本人，對於飄洋過海而來的修女瑪莉安娜就女人而言過於高眺的身材、男性化的嗓音，並未特別感到質疑。他們的注意力全被她苗條的身形、金髮、紫眼與做夢般的表情所吸引。這位修女比誰都美麗，光是站著便具有擄獲人心的魅力，每個認識她的人都不由得為她效力。瑪莉安娜積極展開活動，她先是擔任貴族子女的家庭教師，參觀了許多學校。後來因應受俄國革命波及而流亡日本的外國人激增，她成立了外語學院，供外籍人士子女與返國日僑子女就讀，並申請法人，一獲准便四處奔走尋找校地，找到一位願意出售山手地區大片土地的賣家後，立刻著手興建校舍。一九一九年，女子高等教育機構「聖瑪莉安娜女子中學」催生。這時，除了法國，還有大批各國修道會派遣來的修女，她們成為瑪莉安娜的得力助手，個個賣力工作。就像過去曾經夢想的，瑪莉安娜終於找到了值得投入的目標，她全心全意工作，並獲得了驚人的成績。

四年後，學校遭受關東大地震的打擊，大批學生、修女慘遭死傷。瑪莉安娜跛著腳，流著淚，在大火中的東京不知走動了多少天，一一拜訪學生的家，確認她們平安無事。為了重建倒塌的宿舍，瑪莉安娜艱辛地籌措資金，閃耀蜂蜜光芒的金髮比應有的年齡更早開始花白。一九三九年，第二次世界大戰爆發。部分修女歸國，部分修女被拘留在日本的外國人集中營。瑪莉安娜風聞巴黎也發生大火，七葉樹小路燒毀，讀書俱樂部連同整幢拿破崙公寓也慘遭祝融。學校蒙上濃濃的戰地色彩，在軍方的指導下建立了武道館。後來，只有瑪莉安娜與幾名修女守在學校，學生則集體疏散，部分校舍被挪用為工廠。戰火延燒至全國，一九四五年，校舍與體育館因東京大空襲全數燒毀。瑪莉安娜再度徘徊在燒毀的廢墟之中，但這次她沒有流淚。

同年，日本戰敗。一九四七年，彷彿要拂拭濃厚的戰敗氣氛，舉辦了第一屆聖瑪莉安娜節，並邀請鄰近的居民參加，場面盛大熱鬧。燒毀的校舍也陸續重建。為了供學生進行社團活動使用，瑪莉安娜仿造已不復存在的拿破崙公寓，修建了一幢紅磚建築。這一年，瑪莉安娜榮獲GHQ（聯合國總司令部）選為教育暨學校改革委員會顧問。「聖瑪莉安娜女子中學」也引進戰後的新學制，更名為「聖瑪莉安娜學園」。一點一滴的，學園重拾活力，並配合時代增建圖書館塔等建築，並成立了同一體系的男校。曾幾何時，聖瑪莉安娜學園已成為眾所公認的名門女校。草創時期就讀的良家子女的子女入學了，另一方面，新興勢力商人的子女也勇於接受入學考試。

在這段期間，沒有任何人發現這位憑著一雙纖纖玉手將學園辦得有聲有色的苗條修女，其實並不是女人。少女敬愛這位耀眼奪目的修女，早上摘花相贈，中午獻唱讚美詩，晚上吟詩歌頌。在清一色女孩的學園裡，瑪莉安娜身邊總有少女相伴，她們熱烈地敬愛她、仰慕她。

一九五九年，豎立瑪莉安娜銅像。

是年冬天，瑪莉安娜消失。

事到如今，恐怕再也沒有人知道真相。

將此事記錄在社團紀錄簿的我，是一九六〇學年度讀書俱樂部的高三生。依照俱樂部的傳統不具名。未來看到這則記事的妳，只需記得我的代號——雌雄同體的溝鼠。依溝鼠我個人所見，學園內知悉瑪莉安娜的重大祕密者，恐怕只有這一年的讀書俱樂部社員。這件離奇的修女失蹤事件，只有我們知道真相，但我敢說，真相絕不可能留在學園的正史之中。因此，由我代表在此記載。

有一名老人，經由瑪莉安娜介紹，於事發前一年受雇為清潔工。他是個年邁的外國男子，駝背，跛腳，日復一日，默默打掃走廊與庭園。有時會看到他拜訪瑪莉安娜位在校地一隅的小房子，很多人猜想他應是瑪莉安娜的老朋友。

老人喜愛閱讀，放學後常出沒在圖書館塔，與我等讀書俱樂部的成員擦身而過。不久，他開始與我們談論書籍。我等不會為瑪莉安娜獻花唱詩，但很喜愛老人，與老人相處融洽。老人說起過去讀書俱樂部曾在巴黎風行一時的軼事，我等聽得很愉快，因為那與我等在學園內所經營的邊境樂園——讀書俱樂部，有異曲同功之妙。想到在過去遙遠的異國，像我們這樣的人聚集在紅磚建築中的一室，升起冷僻孤獨的狼煙，埋頭閱讀，豈不令人愉快。我們就像溝鼠，聚集在不見天日的昏暗之處，閱讀，議論，不知不覺年華老去，腐朽凋零。啊啊！這是多麼愉悅、多麼奢侈的事啊！老人對於往昔的讀書俱樂部知之甚詳，經常告訴我們俱樂部來了什麼客人、看了什麼書、發了什麼議論。尤其是，是的，尤其是……我，雌雄同體的溝鼠，不可思議地與老人十分投契。放學後每次相遇，老人便偷懶不打掃，我也不去社團，兩人窩在剛豎立起的巨大聖瑪莉安娜像之下，再怎麼聊也不厭倦。

我覺得老人長相有點眼熟，卻怎麼也想不出究竟像誰。就這樣，某一天，撼動學園的大事發生了，也就是那起聖女瑪莉安娜失蹤事件。瑪莉安娜究竟是遭人殺害？還是自行離開？多年來瑪莉安娜始終過著高尚貞潔的生活，誰也想不出她遇害和失蹤的理由。人們傳誦著各式各樣的傳聞，瑪莉安娜簡樸的房裡沒有留下任何線索，整件事始終是個謎團。在白雪覆蓋的冬日學園裡，她不留一個腳印，自小小的居處消失。留在那個家裡的，就只有剛好來打掃煙囪的老清潔工，而他也搖頭說不見異狀。就在沒有任何新發現的情況下，瑪莉安娜的失蹤漸漸遭人淡忘。翌年，一九六〇年，六月的聖瑪莉安娜節開辦第一屆王子選拔賽。彷彿要彌補瑪莉安娜的缺席般，場面出奇熱烈，但我等讀書俱樂部依舊置身事外。

可想而知的，瑪莉安娜失蹤當時，學園裡根本沒有人會去在意一個貧窮的老清潔工。但是，失蹤事件一年後，就在我即將自高中畢業並升學至學園短大的時候，那天，在白雪尚未消融的學園一角，我照常與老人閒談時，突然發現一件事！我知道老人長得像誰了！同一時間，老人露出促狹的笑容，以做夢般迷濛的紫色瞳眸定定地回視我。那眼眸裡，蘊含著溫柔而寂寞的光，足以令觀者為之著迷。我像隻見光死的溝鼠，當下渾身打顫。——原來老人就是瑪莉安娜啊！是那個長久以來以坦誠無欺的聖女身分君臨學園的那名青年衰老後的身影！這一年來，他一人分飾清潔工與修女兩角，然後某一天，再讓修女消失。兩人之間有許多共同點，諸如紫色的眼眸、走起路來跛著腳等等，但一直沒有人注意到這點。我的嘴唇顫抖得厲害，欣喜又哀傷地呼喚那個名字——瑪、莉、安、娜。老人報以淒涼的微笑，然後告訴我發生在遙遠的過去，一個名叫米歇爾的青年高潮迭起的一生。在距今四十年前，他在巴黎經營讀書俱樂部的青春歲月，到第一次世界大戰結束，妹妹慘死……

「天主，不存在。

惡魔，亦不存在。

諸君，世界有如南瓜，空空如也！」

「人心具有欲望，欲望生出愛、生出恨，生出時間，劃出國界，生出占有，發明了自我輕賤，而最造孽的是，啊啊，生出了天主，生出了惡魔。」

老人從懷裡拿出了一本古老發黑的書給我看。儘管看不懂古法文，但我知道就是革命前在法國如污水於地下流通的那本禁書。「……世界還是空的嗎？」我問瑪莉安娜。瑪莉安娜笑了，回說：「妳說呢？」那是永恆的追求者，絕不滿足於純白的幸福和甜美的不幸，不斷在這個世界燃起冰冷狼煙的虛無青年，在年華逝去後的美麗笑容。

老人的書裡夾著他母親寄來的舊信。在給遠渡他鄉的女兒瑪莉安娜的信上，寫著父親得知兒子米歇爾的死訊時崩潰大哭，還提到其實父親比誰都要深愛米歇爾。這封信不知讀過多少次了，已經殘破不堪。另一封信日期是十多年後，告知瑪莉安娜父親去世的消息，信紙上有著小小的淚痕。世界依舊是空的嗎？世界一直是空的嗎？青年米歇爾的心沒有平靜的一天嗎？天主真的存在嗎？我心中掀起疑問的漩渦，哀傷地凝視老人如今仍像做夢的青年般清澈的紫色眼眸，以及儘管被老態縱橫的皺紋與斑點覆蓋，仍舊美麗萬分的蒼白側臉。

「這座銅像，」老人指向聖瑪莉安娜像，好似太刺眼般瞇起眼睛。

「不是我，是我妹妹。有著鐵銹色頭髮和陰天般灰色眼珠，比我聰明正直，卻年紀輕輕便死去的，妹妹的塑像。」

「好大啊。」

「……是啊。我親愛的小鳥兒，已經大得足以遮蔽天空了。」

老人說完這句話，緩緩站起身來。

「我為了實現妹妹的夢想，一路在那該死的正道上奔跑，但也許這條路，其實就像我本人，是條蜿蜒崎嶇的可怕道路。不知我們是否實現了她所夢想的未來願景……。若是心中無法獲得平靜，找不到天主那個傢伙，我們或許仍是地上的迷途羔羊。」正當我窮於回答，一個穿著奶油色制服、看似附屬小學低年級生的少女跑過草地，在我們面前狠狠跌了一跤。是個額頭亮光光地隆起，體格結實肥碩的孩子。老人抱起孩子，溫柔地替她拍掉膝上的塵土。孩子有禮地道謝。孩子跑走後，老人回頭對我說：

「我該向妳們告別了。」

「……為什麼？」

「我本來打算，要是沒有人發現，我就以男人的身分待在學園，直到死去。但是既然被妳發現，那就太危險了。我已經老了，要是以修女的身分死在這裡，一旦被脫光，一定會把大家嚇壞的。所以，我只好以那種神祕的方式消失。」

「早知道，就不讓你知道我發現了。多想一直待在這裡和你談天，享受這做夢般的時刻。雖然我們年齡、性別，甚至國籍都不同……差點就能成為獨一無二的知己。」

「……」

「你要到哪裡去？」

「我也不知道。回巴黎也好，就這樣在日本流浪也好。也許今後也會悄悄地躲在妳們身邊也不一定。也許我根本離不開學園。那個吉普賽人預言的百年後的事，令我有些在意，雖然明知我活不到二〇一九年……」

「瑪莉安娜……」

老人從懷裡取出暗紅色的玻璃瓶，送給我做為友情的見證。就是那遙遠的過去，他送給瑪莉安娜的那瓶裝滿絕望的草莓香水。而他自己則將那本舊書夾在脇下，跛著腳邁開腳步。不帶任何行李，一頭已褪成銀白色的頭髮迎著風，如同來時一般，又突然自學園消失。帶著名為虛無的自由，那長久以來兄妹兩人相依為命的背影，在褪去女人這件黑衣之後，儘管年老，卻如青年般修長，充滿了朝氣。我打從心底感到茫然，回到讀書俱樂部的社團教室，深深地嘆了一口氣。同伴們從書裡抬起頭來問我怎麼了，我便簡短交代了剛才的經過。一時間，眾人就像喝多了苦艾酒而迷醉一般，沉浸在過往的幻影當中。這時，一名高二生發表了獨到的見解。曰，瑪莉安娜並非扮成女裝的男子，其實清潔工才是扮成男裝的修女。往昔，在第一次世界大戰剛結束的巴黎，猝死於傳染病的不是瑪莉安娜，而是她所愛的窩囊哥哥其人。失去哥哥而發狂的修女，得到米歇爾的人格，結果經過四十年的歲月，終於被米歇爾的人格所取代。她原本便是「像兒子的女兒」，是美麗的軟弱哥哥的人格，是哥德蒙之於那齊士❖，戴米安之於辛克萊爾❖❖……。我陷入沉思，凝神注視窗外，但老人的身影早已消失無蹤。學妹愈說愈激動，堅稱瑪莉安娜絕對是女人，否則少女不可能如此敬愛她。但我還記得。我確實看見了！老人褪去黑衣的枯瘦脖子上，有著象徵男性標記的可怕碩大喉結，每當他發出乾澀的聲音，喉結便英姿勃勃地蠢動。他是男人，他是男人。是的，瑪莉安娜其實是個男人！

我們的議論還沒有結束，窗外的天色已經黑了。我把紅色香水瓶收進桌子的抽屜，上了鎖，長長嘆了一口氣。我少數尊敬的人，也就是讀書俱樂部的社長，命我執筆撰寫讀書俱樂部的社團紀錄簿，好留下這段珍貴的歷史。我一拍膝頭，正該如此。為了將老人的話記錄下來，此刻我望著窗外逐漸轉暗的景色，獨自待在社團教室裡，坐在破書桌前。以上的內容，便是我自一個喜愛閱讀的神祕老人——一個長相酷似失蹤修女的清潔工——聽來的離奇故事的全貌。雖真偽不明，但不失為去年底撼動學園的聖女瑪莉安娜失蹤事件的一個解答，也是聖瑪莉安娜學園地下歷史的一部分。

但是，諸君，世界真的是空的嗎？

米歇爾的南瓜世界裡，或許打從開始便盈滿了源自於愛的純白光輝。我無法不這麼認為。這麼想的我，是太天真了嗎？那我長大之後，會以什麼樣的心情回想起他的空虛物語呢？諸君，世界真的是空的嗎？真的是空的嗎？

一九六〇年度　讀書俱樂部社團紀錄簿

主筆〈雌雄同體的溝鼠〉

❖〔譯註〕出自赫塞·赫曼的《知識與愛情》。

❖❖〔譯註〕出自赫塞·赫曼的《徬徨少年時》。

第三章
奇妙的旅人

美即醜，醜即美。
穿雲越霧破塵飛。

莎士比亞著
《馬克白》

一九八〇年代後半，封閉的少女樂園——聖瑪莉安娜學園——受到將外界搞得天翻地覆的金色之風突襲。這件事，是椿並未記錄於正史的黑暗奇案。因為這起不名譽的事件受害最深的，是學園的中樞——學生會眾人。這些人恐怕會將發生之事加以隱瞞，由於這起事件與我等不無關聯，讀書俱樂部特此記錄。

一九八九年的秋天，我等收容了三名流亡人士。

長久以來，聖瑪莉安娜學園學生會被稱為「西方官邸」，唯有被選中的人才能獲准進入這個聖域。學生會位於舊校舍莊嚴的黑磚建築的五樓，不知從何時起，四樓通往五樓的昏暗樓梯一帶，開始有學生會的高一生站崗，一般學生甚至無法靠近。有「東方宮殿」之稱的戲劇社則占據了古色古香的木造體育館，社員身穿禮服，天天熱中於發聲和舞蹈的練習。屯駐於粉紅色水泥新校舍一隅的則是新聞社，號稱「北方文化流氓」。順帶一提，在雜木林的深處，有一幢聖女瑪莉安娜仿拿破崙公寓興建、如今已淪為廢墟的奇特紅磚建築。記得盤踞其中的讀書俱樂部，似乎在背地被說成是「南方怪人」，不過記憶並不足採信。總而言之，西方官邸是學園的統治者，就連歷任「王子」——絕大多數都誕生於戲劇社，但偶爾有些年度曾由網球社、籃球社、聲樂社出任，聽說桌球社也出過絕無僅有的一個王子——也絕對不敢忤逆學生會，畢竟與學生會和平共存，可說是穩定青年權力，度過多采多姿的貴族學園生活的捷徑。

學生會的少女多數是現任政治家的千金，不然就是知名政治家的孫女；另外還有不少生著一張柔美瓜子臉的貴族後裔，這些人稱貴族院，握有實權。一旦有事發生，繼承政治家血統的少女便會聚集在學生會教室一角協商，再向貴族們提出處置方案。在這裡，選舉的概念不存在，血統便是權力的保證。這是自古以來的傳統，無論外面的世界如何改變，學園以及學園中樞所在的學生會從不曾動搖。直到一九八九年春天，新興勢力分子來敲門為止。

「舊校舍那邊吵吵鬧鬧的，一定是學生會。」

腦袋探出窗口喃喃低語的，是高一生長谷部時雨。南方怪人，意即讀書俱樂部，這一天也遠離學園的喧囂，可用偏執來形容的寂靜主掌了整間社團教室。社員使用歷代學姊傳承下來的古董茶杯啜飲紅茶，啃薄片餅乾，靜心閱讀。塵埃遍布的社團教室裡，不知是誰留下的詭異馬口鐵人偶堆積如山，太鼓、海螺號角、狸貓和蝦夷鹿的標本等廢棄物四處散落在地板和走廊上。這一年社員人數非常多，將近三十人。姿容樣貌各異、身穿奶油色制服的少女將滿是塵埃的舊教室擠得水洩不通。有愛打扮的，不愛打扮的。有長頭髮的，短髮的。因為座位不夠，就連書桌上和窗框也坐滿了人，還有人靠牆而立，有人索性拿舊禮服代替坐墊坐在走廊上。

嬰兒潮的餘波，使得學園的學生人數增加。此外，受到外界的泡沫景氣影響，華麗的氣氛逐漸在學生之間蔓延，一些受不了炫麗的新風潮的文靜少女，紛紛逃入這邊境之地。高一生長谷部時雨仿效演員父親，一頭短髮梳成飛機頭，修長的雙腿學男人盤坐，舉止很男孩子氣。她與這年春天當上社長的高二生高島清子是好友。清子與時雨類型截然不同，她個性內向，但與外表極不搭調，乳房碩大非比尋常，以強烈的女性特質壓倒了其他少女。至於其他社員，圓胖如中年大叔者有之，外交官的私生女、鐵銹色頭髮灰眼睛的混血兒有之，來自道頓堀操關西腔者有之，社團教室裡不可思議地充滿了舊時代的氛圍。彷彿過去曾在社團紀錄簿上出場的少女為了重新登上舞臺，跨越時空回來似的。每過完一個學年，社友人數便隨之增加，為重演過去而來的少女愈來愈多。她們與過去的學姊是如此相似，讓人忍不住懷疑，今年的大家族是為此目的成立的。然而，即便如此，她們並不打算圖謀不軌，每天乖乖看書喝茶。

「舊校舍很吵？……管她們呢。」

有人簡短回應了探出窗外的時雨。時雨回頭看教室，眼前少女個個埋頭讀書，也不知回應的人是誰。時雨精力充沛，好奇心旺盛，對於雜木森林後頭、掌管中央政壇的西方官邸從剛才起便吵吵嚷嚷，感到十分好奇。

「會不會是出事了啊？」

抬頭回答的，是高島清子。她將沉重的乳房擱在書桌上，托著腮閱讀一本法文舊詩集。她拉著兩條辮子說：

「不要把頭探出去，會被發現的。」

「發現？被誰？」

「西方官邸。我們能自由行事，都是因為這陣子學生會忘了我們的存在。不過，今年人數這麼多，不安靜一點，要是被發現，一定會被判定為危險分子、反社會主義者，到時可就完了。」

「喔喔，好可怕。那我還是把頭縮回來吧。」

時雨笑著關上窗戶，盤起一雙長腿，邊梳頭邊說：

「學生會似乎發生了叛變，我才這麼好奇。」

「什麼？有叛變？怎麼不早講！到底是怎麼回事？」

少女們立刻扔下書，擠到窗邊，發現新校舍的學生也擠在窗口，仰望舊校舍五樓；操場上的壘球社、女子足球社，網球場上的網球社，也不約而同抬頭看著同一方位。體育館裡，身穿各式戲服、連舞臺妝也一應俱全的戲劇社社員發著抖圍成一圈，將去年選出的高三王子圍在中央。

「瞧！」

正好在這時候，匡啷一聲，舊校舍五樓窗戶傳來玻璃破裂聲。只見繫著新聞社臂章的「文化流氓」手持記事本跑過草地，還有人穿著制服就爬上高大的銀杏樹，拿著Nikon的相機，以勉強的姿勢按下數次快門。時雨認出那人是自己的朋友，低聲哀嚎：「喂，很危險啦……」一陣風吹過，掀起那人的裙子，但這位被特定人士敬奉為「聖瑪莉安娜學園新聞社王牌」的攝影師宛如化身少女的羅柏．卡帕❖，無所畏懼地猛按快門。「可笑的內褲全被看光了。怎麼會穿那種圖案的內褲啊！身為她的朋友，我得勸勸她……」在清一色女孩的少女樂園裡，沒人會對內褲外露大驚

❖〔譯註〕Robert Capa，1913-1954，匈牙利裔美籍攝影記者，二十世紀最著名的戰地攝影記者之一。

小怪。時雨食指抵著太陽穴，是為友人身穿熊貓圖案的可笑內褲煩惱。

「時雨，妳說的叛變是怎麼回事？」

「哦，那個啊。今年的聖瑪莉安娜節就快到了，可是從春天起，學生會就分裂為兩派，這星期一直在吵要由哪一方主辦。」

時雨把自友人「少女卡帕」聽來的內部消息，告訴了社團的同伴。

長久以來以貴族院一黨獨大的形式營運的學生會，在今年春天發生了異變。突如其來降臨到外面世界的泡沫景氣，如異色洪水將全新類型的學生送進學園，也就是「扇子女孩」。幾年前如爆炸般突然發跡的新興暴發戶的女兒，一個接一個進入原來由貴族名家千金、大企業高官子女、知名學者子女等聚集的學園。扇子女孩幾乎都是從國中部或高中部才入學，大學也多半選擇就讀外部的學校，由於在學園裡只停留短短三年或六年，被視為「奇妙的旅人」。她們的外表與少女樂園格格不入，頭髮留長染色，劉海吹彎。就連清純的奶油色制服也加以變造，改緊腰身，加上墊肩；鞋子也不是平底學生鞋，而偏好有跟的漆皮皮鞋。即使因違反校規被修女追著跑，也不當一回事。朝會上讚美詩從不用心唱，總是對嘴應付。也就是說，她們是畸形兒。照理說，她們本應悄悄待在邊疆，帶著一顆受傷的心畢業的，但時代之風吹向了這些奇妙的旅人，短短呼嘯一陣。外面的世界這時揮舞起寫著「利庫路特」❖的革命旗幟，單打獨鬥的自民黨結束了一黨獨大政權，德國的柏林圍牆也岌岌可危。過去曾堅信永遠不變的概念一一被推翻，透過電視報導出來；同一時間，這一年，中國的天安門廣場上，為理想狂熱的中國大學生被同胞青年士兵開戰車輾斃。這世界會變？不會變？泡沫經濟的私生子，手持紅、黃、紫扇子的扇子女孩在學園走廊上昂首闊步，在學生餐廳裡高聲喧鬧，過去對貴族絕對服從的平民學生，漸漸開始模仿她們。將制服改緊，將劉海彎彎吹起，書包裡暗藏著取代護身符的扇子。就這樣——據時雨從「少女卡帕」那打聽到的消息——春天的某一天，扇子女孩的三名代表帶著入會申請書，造訪了學生會。

「聽說新聞社趕到時，舊校舍四樓和五樓之間的樓梯上已經展開一場大亂鬥。學生會的那些高一生為了阻擋她們，使出擅長的日本拳法，沒想到竟遭到這三人的扇子攻擊，一一被打倒，結果不小心讓她們成功入侵。學生會不得不收下申請書，讓她們入會。貴族院眾人原以為只要視而不見就行了，誰知這三人死不認輸，拚命吵著要提案。一下子說要廢除彌撒，一下子說要拆除聖瑪莉安娜的銅像、禁止偶像崇拜，還說要把餐廳改建成大型迪斯可舞廳，說要掛起鏡球，……」

❖〔譯註〕利庫路特案，日本戰後最大的賄賂案。一九八九年利庫路特集團前董事長江副浩正涉嫌賄賂有影響力的政治家及新聞界。此事件導致當時執政的竹下內閣總辭，日本政局動盪。

「迪斯可舞廳？為什麼？」

「一定是想改變世界吧，就像她們的父親一樣——這是我朋友卡帕的說法。可是……啊！」

窗外又傳來巨聲，讀書俱樂部社員探身出去。Nikon相機的快門聲如槍聲般連珠響起。「喔喔！她們把貴族院趕出來了……」『真有一套。啊，是鏡球！』『不得了，她們一步步在執行學生會六本木化改造計畫……』『我聽到電音舞曲了，有人在揮扇子，這是怎麼回事啊……』一個社員擦著眼鏡呻吟地說。平民學生大聲歡呼，拋下社團活動聚集在舊校舍，身上穿著清純的制服，腳上是白襪子和學生鞋，配合著大肆播放的電音舞曲跳起舞來。她們從書包裡拿出怪誕的原色鮮豔扇子，或紅或綠或紫在春日的學園亂舞。就連穿網球裝的、穿體操服的，也一同跳了起來。聖瑪莉安娜銅像彷彿害怕被拆除的命運，在春風裡咔答咔答地搖晃，宛如即將被年輕的革命政府推翻的獨裁者銅像。露出永恆曖昧微笑的聖女媲美大佛規模的銅像，已如風中殘燭。

「這是春日的風波。」

時雨擔憂地低聲說著，喝了一口涼掉的紅茶。清子抬起頭來，以冷淡的語氣叮嚀：

「六月的聖瑪莉安娜節，八成會惹出更大的風波。妳們千萬不要做出什麼引人注目的事。」

「我知道。」

時雨點點頭。

「……不過，我倒是不討厭那些為了惡搞而參與政治的人。」

她低聲這麼說完，窗外傳來一陣格外響亮的歡呼，連社團教室的牆都為之顫動。

春日風波狂風般橫掃聖瑪莉安娜學園。如今，學生依出身漸漸分為兩派。在餐廳裡、教室裡、走廊下，暗藏扇子、制服貼身的革命派，與故態依然的貴族派尷尬地互相別過臉，也不交談。

放學後的社團活動也一樣，同一社團分裂為二，紛爭愈演愈烈。倒是南方怪人，即讀書俱樂部，則與這場爭鬧一概無涉，簡直到了出奇的地步。她們與中央保持一定距離，屏息靜觀情勢變化。這是社長高島清子的決定，社員們默默遵從行事慎重的清子的計畫，唯有一人，長谷部時雨，她聳聳肩，開玩笑抱怨：「清子，妳太膽小了。」然後一派悠閒地梳起頭來。

聖瑪莉安娜節前夕，學園更加擾攘不安。在電音舞曲震天響、人數持續攀升的扇子女孩瘋狂亂舞中，這一年的王子選拔揭開了風波的序幕。那三名不唱讚美詩、占據學生會、為改變世界不斷提案的扇子女孩之中，有一人報名競選王子。由於服飾特徵太過引人注目，一開始旁人無法分辨三人，便以扇子的顏色綠、紫、桃來區分。而兩名高二生之中，紫扇女孩外表尤佳，具有冰山美人的氣質。後來她獲得平民學生支持，以些微差距擊敗了今年呼聲最高的戲劇社高二生。貴族們還在震驚不已，揮舞紫扇、身穿改造制服的美少女已經登上王子寶座，在平民的歡呼與毫不停歇的電音舞曲中躍上舞臺，跳起勝利的啪啦啪啦舞。其餘兩人，二年級的揮舞綠扇子、一年級的揮舞桃色扇子一同狂舞，體育館陷入瘋狂狀態。身穿高雅套裝的校友來賓一個個像戴上了能劇面具，面無表情地看著這一幕。雖有若干愛起鬨的來賓受到年輕人的感化，忍不住也跳起舞來，但絕大多數的校友都是蹙著眉快步離開。

「各位同學，現在難道不是改革學園的好時機嗎！拆除銅像，禁止偶像崇拜，還有最重要的，王子我要提案的是，學生會選舉！我們應該親自選出代表我們的政治家！那種只有特權階級之子才能掌管政治的爛社會，我們立刻合力破壞掉！」

儘管聲音幾乎被電音舞曲所掩蓋，王子仍挺胸疾呼。平民們邊跳舞邊點頭附和。在體育館外觀望的時雨，戳戳清子。

「妳覺得呢？」

「一定會被抹殺吧。頂多十天，不，她們能活上十天就是奇蹟了。……喂，妳可要小心，別去蹚渾水。」

「……我知道啦，清子。喔，卡帕很拚嘛。」

這一天，Nikon的快門聲也如槍響般連聲爆開。

次日起，激烈的選戰立即展開。當上王子的紫扇女孩，帶著不斷增殖的扇子女孩，有如奇特的花魁隊伍在校內展開華麗的遊行，一路高喊代表我們的王子才是適合主掌西方官邸的正主。至於學生會的狀況，由於即將引退的高三生不足倚靠，剩下的高一生與高二生長吁短嘆，一籌莫展。為了搶回學生會教室，她們試圖爬上五樓，結果被幾個揮舞著扇子的女孩踢下樓，跌了好幾個跟斗。貴族出身的學生家裡開始受到地價高漲連累，為支付高額稅金焦頭爛額；政治家的子女也受到時代意外的打擊，她們身為執政黨議員的父親受到利庫路特案的餘波牽連下臺。不過那些少女模樣的政治家並不屈服，搖搖晃晃地站起身來，決定請出傳家寶刀。她們在當週便與校友組成的「銀杏之友會」取得聯絡。另一方面，事後得知，其實她們的一舉一動早已遭緊貼在牆上的紙杯竊聽，被少女記者即新聞社掌握。北方文化流氓平素雖然惡質，經常以八卦報導做為賣點，但在政治動盪的這個時節，她們拿出僅有的自尊，堅守新聞的自由與中立。因此，學生會暗中活動的消息，並未傳入占領學生會、在校內遊行的扇子王子耳中。

學生會的校友聽到學妹的哀嚎，立刻動員起來。如今已成為政治家之妻、企業家夫人、警察高幹的她們，個個光鮮亮麗，自信與高雅。她們溫柔地鼓勵傷重如破布的學妹，不惜重金聘請大量偵探跟蹤扇子女孩，拍下目標在六本木街頭狂舞的照片。還將王子依偎在墊肩同樣顯眼、滿身金光的泡沫男子身邊舉止失儀的照片，送到新聞社。但少女卡帕拒絕刊登外部提供的照片，她說：「這些照片裡沒有思想，沒有愛，沒有射擊般的精準！」說完大力踩毀照片。學生會的人著了慌，索性自行大量印刷，趁某天早上自屋頂撒下。新聞社高喊報導的自由與中立，將學生會的地下行動與王子的狂放夜生活，都製作成號外新聞販售。於是學園再度分成兩派，一派鄙視王子，一派支持王子、認為夜遊也是改變世界的一種冒險。兩派亂成一團，銀色的鏡球反射詭異的光線，劇烈轉動著。然而，選舉當天，王子不見蹤影。若王子現身，也許會當選學生會長。但是前一天晚上，扇子女孩帶頭的三人——綠、紫與桃色都在六本木遭到警方輔導。這恐怕是「銀杏之友會」在暗中策畫。

選舉當天早上，支持者苦苦等候，扇子女孩卻沒有現身。支持者不安，嘆息，終於，這些情緒轉化為憤怒：我們如此相信妳，如此對妳寄予厚望，為何背叛我們？待修女宣布她們前一晚在街上遭到警方輔導，並被處以停學處分，憤怒的大眾紛紛來到學生會教室，拆掉鏡球，扔掉裝飾在窗上的鮮豔羽毛，破壞舞臺。因為期待落空，滿腔熱血無可發洩，立刻化為怒氣爆發。各色扇子從窗口扔了出去，有如成千上百的天堂鳥絕望地跳樓，輕飄飄飛過聖瑪莉安娜銅像，淒慘地落在草地上。不知不覺，夏天的腳步已經來到。儘管陽光炙熱，學園卻被奇異的沉靜包圍，冰冷得好似泡在水裡。

就這樣，暑假到了，狂亂與激動在這段期間被遺忘了。學生會恢復了秩序，決定在秋天運動會重新舉辦王子選拔。改造過的學生制服也在轉眼間便恢復原狀。唯有扇子女孩不知情。她們過完漫長的暑假回到學園，無法理解為何再也沒有學生和她們說話。她們作風雖強勢，卻不知如何與逆境相抗，年輕莽撞的三個人孤伶伶的，在荒野般的學園裡落了單。學生會教室早已拆除鏡球，擺出結實的舊桌椅與書架，恢復原本晦暗的風格；幾個戴著眼鏡、頭髮黑直的少女坐在桌前，忙著處理學園的事務。樓梯口再度被封鎖。扇子女孩垂頭喪氣地下了樓，在學園中徘徊，尋找其他的落腳處。一走近體育館，身穿禮服的戲劇社眾人走出來，以莎士比亞悲劇的台詞，以不自量力執著於王位的愚人做為比喻，愚弄落魄的三人。「何時三人再相聚？打雷、閃電、下大雨？」「靜待紛爭吵鬧停，靜待戰火分輸贏。」「莫如日落西山前。」「然則如何擇地點？」「何妨就在那荒原。」「蛤蟆叫。」「咚咚！咚咚！馬克白駕到。」眾人齊聲取笑，三人像被追趕的愚人逃之夭夭。操場上，足球、壘球、網球紛沓而來，挨打的三人疼得尖叫撤退。聲樂社的以女高音唱著歌，背對她們全力狂奔。羽球社的則是以球拍攻擊。人數眾多的管樂社則一面演奏，一面在貝多芬的交響樂伴奏下以驚人聲勢遠離。一天又一天，可憐的旅人在冷漠又廣闊的學園內徘徊，向西……向東……向北……最後，她們來到了南邊……穿過雜木林，好似深怕追兵，好似放不下過去的榮光，她們回頭，再回頭，來到了怪人群集的廢墟，老舊的紅磚建築。舊地球儀、陽臺布景、蒙塵的禮服與壞損的椅子，在這幢遭奢靡的破銅爛鐵掩埋的建築中，她們一步一步往上爬，來到暗紅色的門前。

「不准開門。」

社長高島清子如此下令，聲音裡透露了平日少見的不安。原本翻著書頁、喝著紅茶的社員莫不靜靜抬頭望著門。在清子的命令下，近三十名的社員這幾天都不到走廊上，全擠在客滿電車般的狹小社團教室，關上門，不發出一點聲息，希望就此度過政變的季節。

敲門聲持續著。讀書俱樂部的眾人不發一語望著門，彷彿門外站的是亡靈。有人甚至發著抖。

一直敲個不停。

敲門聲一度停下，然後徘徊來去的腳步聲傳來，來人再度敲門。這次持續了五分鐘之久。在窗邊的長谷部時雨一直憂鬱地托著腮，這時低聲吟詠《馬克白》劇中的一段台詞：「美即醜，醜即美。穿雲略霧破塵飛。」沒有人接口。時雨站起身來，椅子發出巨聲。她邁開大步朝門口走去，然後握住門把，說：

「清子，我要開門了。」

「……不行。」

「看到被穢氣所困的人，妳能見死不救嗎？我不會因為她們曾經追求權力，就認為她們是壞人，認為她們愚蠢。幫助她們吧！」

「時雨，這就是妳的缺點。妳馬上會嘗到苦頭的。」

「沒關係。……我雖討厭催淚灑狗血的情節，但同情並不是墮落。」

時雨猛地將門打開。落魄的扇子女孩吃驚地抬頭看她。儘管在落難中，這三人仍自以為是王子與侍從，態度傲慢地瞪了時雨一眼。三人將長髮染成咖啡色，劉海彎彎捲起，制服仍舊是改造過的模樣。至於時雨，則是梳著飛機頭，穿著中規中矩的制服，一雙招牌長腿，有如少年一般。雙方正好是兩個極端。

「進來吧，請妳們喝紅茶。」

「我們累了。」

王子代表發言。挑釁的聲音帶著好強的意味。

「我們想坐著休息。」

「喂，把椅子讓給客人。我們坐地板就好了。」

社員一齊回頭仰望清子。清子先是與時雨互瞪了好一會兒，然後認輸般調開視線，轉而看向那三個臉色蒼白的奇妙客人，輕輕嘆了一口氣。

「好吧。喂，準備三張椅子，還有熱紅茶。……時雨真是濫好人，從幼稚園起就一直沒變。」

「不用妳管。」

「我不是怪妳。妳就是因為人好，朋友才多。好了，請客人坐下後，就看自己的書。我已經受夠了吵鬧，也受夠憋聲憋氣過日子了。」

清子背對三人，又開始讀書。同伴們有樣學樣，不再注意被請進門的客人。窗外那排銀杏樹劇烈地搖晃不停，Nikon相機對準找到臨時落腳處的扇子女孩——失去寶座的王子與侍從——拍個不停，快門聲連連爆發。一想到明天新聞社會刊出南方怪人收留流亡人士的報導，高島清子就心情沉重，但看到時雨鬆了一口氣的溫柔側臉，她實在無法抱怨。至於關鍵的三人早已身心俱疲，完全沒發現落魄的模樣被拍得一清二楚，依偎在一起睡著了。她們不僅沒能改變世界，最後反而連落腳之處都失去了。懷著孤獨的粉紅少女心，三人在夢中悲切而激情地繼續跳著啪啦啪啦舞。

這件事之後，邊境獲得一段短暫的寧靜。教室裡只聽得到翻書聲，茶杯碰撞的鏗鏘聲響，少女嬌弱的清嗓聲。流亡人士的傳聞傳遍了學園，校內報紙也大肆報導，卻不見西方官邸的人找上門來。

「恐怕是不知該如何處置吧。」清子對同伴說。「或許是內部意見不合。不等貴族院做出決定，她們是不敢採取行動的。」

毫不理會憂心忡忡的讀書俱樂部，那些扇子女孩客人近來很不高興，每天放學都板著一張臉過來，不是踢開地上的馬口鐵人偶，就是抱怨只有書本和清淡的紅茶，煩悶無味。但時雨不予理會。不過持桃色扇子的高一生倒還算客氣，她找出掃把幫忙清掃室內，卻被時雨兇巴巴地制止了。

「妳住手。」

「住手？我不能打掃嗎？為什麼？」

「這不是客人該做的事。」

「……可是我不喜歡待在這麼髒的地方，那時雨學姊妳來掃。」

「我討厭打掃。」

時雨別過頭去，又讀起自己的書。扇子女孩沒事好做，索性在教室一角打蛋白，篩麵粉，量砂糖，做起點心來。社員忍不住要對這股甜味提出抗議，但看在對方是客人的份上忍耐下來。接著，她們帶來小小的鏡球，掛在天花板上，自行哼唱音樂，開始練習啪啦啪啦舞。對此，社員也寬容以待，認為：「反正這是幢垃圾屋，也不差那一、兩個鏡球。」沒人口出怨言。

就在社員習慣了客人的舉動，客人也習慣了窘迫的流亡生活，雙方摩擦減少的時候，負責從窗戶偵察外面動靜的社員平靜地宣告危機將至。一抬頭，發現少女卡帕已然攀爬在矗立於窗外的大銀杏樹上，鏡頭朝社團教室架好Nikon相機。時雨等人知道有事要發生了。還不知不覺的，就只有悠哉的流亡人士，只見她們照樣小聲哼著音樂，跳著奇怪的舞步。看到雜物中有海螺號角，拿起來就吹，然後一同放聲大笑，絲毫沒有一點危機意識。

讀書俱樂部的成員朝窗外一看，只見學生會那群手戴臂章的眼鏡少女，行軍般排成縱隊穿過雜木林走來。時雨緊張得嚥下一口唾沫。社長清子倒是冷靜如常，她將大得出奇的乳房擱在窗臺上，神經質地拉扯著兩根麻花辮，拍了拍臉色凝重的時雨肩頭。

「放心，一切包在媽媽身上。」

「誰是媽媽啊！……清子，真抱歉。」

時雨的聲音小得幾乎聽不見。

「道什麼歉呢。正義感這種東西，就是會給人添麻煩。然而，即使如此，正因為如此，往往是對的。」

時雨將梳子插進飛機頭，梳理著背過身去。多半是自覺無顏面對清子吧。同一時間，官員們爬上紅磚建築的老舊樓梯，沙、沙、沙、沙、沙……發出整齊規律的腳步聲。讀書俱樂部惴惴不安，眾人假裝看書，耳朵卻像膽小的貓兒般豎起來，拿著骨董茶杯的手微微顫抖。唯有流亡三人組依舊不知不覺，一人像拿著香蕉的猴子，興致勃勃地打量海螺號角；一人跳舞跳得興起，一顆頭甩得如舞獅；一人為了更動鏡球位置，爬上書架，手搆得老長……一個比一個悠哉。

敲門聲傳來。所有人肩膀都微微一震。時雨將梳子收進口袋，準備去應門。清子制止了她，獨自走過去，打開門。

學生會的人面帶笑容站在門口。看到那些笑臉，清子額上冒出汗水。

「妳好。」

「哦，妳們好。要進來嗎？雖然沒有像樣的椅子。」

「在這裡就行了。」

學生會一行人臉上雖掛著微笑，但每個人的嘴唇都不快地嘛著，神情好似在說：竟然來到這種低下汙穢的地方！但清子絲毫不為所動。

「聽說幾個曾是我們社員的怪人逃到這裡來，因為其他社團都拒絕讓她們入社。」

「有人敲門，我們就開門了，就像現在這樣。我們雖是邊境小民，卻並非不懂禮儀的化外之民。我們不會趕走客人，如此而已。」

「……如果妳們願意交人，那就太好了。不過說來失禮，我們竟然一直把讀書俱樂部給忘了。原來在邊境竟有這麼一個人數眾多的社團啊，知道時我們可是吃了一驚呢。虧妳們能夠如此悄無聲息。」

「我們沒別的事做，就只是看看書，聊聊天而已，自然安靜。」

「……原來如此。」

學生會眾人眼鏡後的瞳仁冷冷地注視清子，一時間，讀書俱樂部為駭人的寂靜空氣籠罩。清子開口了。

「各位，我們確實是替流亡人士開了門。但社團屬於治外法權，我就說到這裡。我等讀書俱樂部不過就是讓偶然造訪的人進屋罷了。誠如各位所見，我們只是愛看書的老實人，換句話說，是對政治不感興趣的弱小集團，當然也沒有作怪的打算。」

「唔。」

「至於那幾位客人，我想她們不會再揮舞革命旗幟了。運動會就近在眼前，等補選王子之後，這裡也沒有王子了。時間過去，這裡不再有少女切．格瓦拉❖，在社團教室裡的，只有我們，和她們三人。我們是無力的無名小卒，絕不會對世上造成任何威脅。」

學生會眾人面面相覷，然後同時瞧不起人地哼了一聲，以食指戳弄清子的肩膀。

「我明白了。就放妳們這些無力的無名小卒一馬吧！但是，這位社長，我倒是沒想到妳會自貶為對政治不感興趣的弱小集團，難道妳沒有自尊嗎？」

「妳說什麼！」

一直在後面聽的時雨，掄起拳頭想揍人。在清子的示意下，社員上前架住時雨。而這段對話過程中，扇子女孩依然不知不覺，不是跳舞，就是觀察海螺海角，唯有一年級的桃色扇子咬著嘴唇低著頭，細聽她們的對話。

等時雨被捂上嘴後，清子露出淡淡的微笑，轉身面對學生會眾人。清子當然有自尊，不僅如此，這名少女簡直可說是以自尊打造出來的。只不過，她的自尊不是針對世界的主義和思想而發，而是保護者保護孩子那種極其原始的、只限半徑三公

❖〔譯註〕Che Guevara, 1928-1967，第三世界共產革命運動的英雄，西方左翼運動的象徵。

尺的自尊。她有如巢穴前的母熊擋在門前，朝語帶譏誚的學生會眾人挺起自己巨大的乳房，上前一步，以示威嚇。清子自嘲地笑了笑，心想：這對惱人的乳房只有這時候才派得上用場。當下，學生會眾人就像瘦獅群遇上鬃毛濃密的大雄獅，本能地感到恐懼，退了一步。清子上前一步。恐懼傳染開來，學生會全體後退。清子又上前一步。「……她是在搞什麼？」教室裡傳來時雨煩躁的聲音。一步。一步。一步。一步——學生會被清子的乳房逼得連連後退，退到樓梯口時，有人說道：

「走吧，少女切．格瓦拉不在這裡。」

「是啊。」

「放心吧！世界上再也沒有切．格瓦拉了。」

她們互相點頭，逃也似地跑下樓梯。

這件事之後，無處可去的怪客依舊天天來讀書俱樂部報到。本就已經人數眾多，扇子女孩又日漸擴張領土，礙於對方是客人，讀書俱樂部能利用的空間愈來愈少，被擠到走廊上看書的人愈來愈多。學生會認定讀書俱樂部既稱不上反社會集團，也不是無政府主義者，將她們定位為無害的閒人。既然扇子女孩不會踏出讀書俱樂部一步，也就不予追究。高島清子靠努力與乳房保住了和平，使得長谷部時雨在部長面前更加抬不起頭來。每當她說起其他社團的朋友，都會被內向的清子取笑：「妳人面還真廣呢。」

流亡人士——前王子，終究沒有染上讀書俱樂部的色彩。即使秋天重辦的王子選拔賽剝奪了她的王子頭銜，紫扇子與綠扇子仍以王子和侍從自居。她詛咒高貴的自己落難邊境的遭遇，頂著吹彎的劉海和墊肩，過著永無結束之日的漫長亡命生涯，直到畢業。同一時間，泡沫景氣依然持續，外面的世界錢淹腳目。前王子紫扇子嗤笑流亡之地讀書俱樂部的眾人。

「妳們知道嗎？人家說，學校裡最聰明的學生對社會感興趣，長大以後會成為政治家、企業人。第二等的研究哲學，第三等的是文學，最笨的人則是變成無政府主義者。說來說去，妳們根本就是三、四等人湊起來的嘛。」

「社長，可以把這沒禮貌的大小姐趕出去嗎？外面正好在下雨。」

時雨掄起拳頭，清子笑著阻止她。

「不行不行，迎進來的人，就是社長我的責任。所以，要打就打我吧，啊哈哈哈！」

「妳還笑！這幾個傢伙真是氣死人了！」

紫扇子與綠扇子以令人佩服的程度，完全不受社團氣氛影響，就這樣過了一年半。然後，她們把頭抬得高高的，畢業了。畢業典禮上，她們依舊孤獨地頂著吹彎的劉海，制服是修改過的，腳上的還是漆皮皮鞋。櫻花散落的講堂，以女高音吟唱的校歌響徹，但她們倆到最後都還是對嘴蒙混過去。儘管眼底閃過一絲淚光，但她們咬著牙，直到典禮結束都沒有讓眼淚落下。兩人嘴唇上塗著妖豔的口紅，昂首挺胸，揮舞著綠色與紫色的扇子，快步跑出正門。她們都選擇到校外升學，彷彿被一股看不見的力量催促著，奔向作風新穎的學校，去揮霍她們源源不絕的資產。她們留下了幾句話：泡沫永不會結束，我們永為富人，未來是金黃色的。

這一年，我們的社長高島清子也畢業了。她選擇進入同一體系的女子大學。拆開麻花辮，改梳長直髮，她向自幼稚園以來一直在一起的時雨說：「不過是短短一年的分開，我在那頭等妳。」說完搖晃著巨大的乳房，緩緩退場。讀書俱樂部現在則由飛機頭長谷部時雨擔任社長。新社長熱血衝動，重人情味，十分受到愛戴，與其他社團的社長也相處融洽。就讀書俱樂部而言，這年是難得與其他社團交流頻繁的熱鬧一年。不過，這又是另一個故事了。

話說，我，代號「桃色扇子」，之所以會執筆這一年的社團紀錄簿，一方面是奉社長長谷部時雨之命——正史恐怕不會留下正確紀錄，就由妳把學生會「六本木化」事件整理出來——另一方面，也因為我是當事人，是的……那個揮舞桃色扇子的高一生，就是我。不同於學姊，我受到流亡之地讀書俱樂部的文化薰陶，最後歸化於此。我似乎天生容易受環境影響，和相同出身的學姊在一起時便跟著吹彎劉海，改造制服，夜晚到六本木與男子尋歡作樂。但流亡到讀書俱樂部之後，劉海垂落下來，我嫌麻煩就和其他頭髮一起紮在腦後，制服也恢復原樣；一跳舞灰塵就從天花板掉下來，只好乖乖坐在椅子上。後來與待人親切的時雨逐漸熟稔，在每次嘰哩呱啦的聊天影響下，從沒看過書的我開始試著閱讀。一開始要逐字逐字讀實在累人，但因為無事可做，也只好繼續看下去，漸漸地開始體會到樂趣。不久，我在社團教室裡不再顯得突兀，等到紫扇子與綠扇子一畢業，我看上去就像普通的社員。新進社員一定看不出來，我曾經是個革命分子，是那群沒當成少女切·格瓦拉，沒思想沒信念、以年輕為武器，一心只想破壞既有概念、野獸般的扇子女孩的一員。現在的我只是一介讀書俱樂部社員，彷彿打從最初就一直坐在這裡。

「……喏。」

有一天，時雨將一疊陳舊的筆記本交給我。我想若是前任社長高島清子，絕不會給「外人」、「流亡人士」、「奇妙的旅人」看這些的，但長谷部時雨是個極好相處的少女，彷彿在表示對我的認同，她讓我讀了歷代的社團紀錄簿。我對過去學姊們令人目眩神迷的冒險感到敬畏，也為之著迷，時雨看到我的反應，微笑著說：「我們這屆的紀錄簿，就由妳來寫。」

「我？可是，我、我、我是旅人啊。」

「那是過去的事了。現在的妳，對我來說只是個鄰家女孩。不過，改變確實令人失落，再說我也不討厭以前的妳。……閒話休提，我只是想請妳執筆罷了。」

「……時雨學姊……謝謝。」

我不安地將筆記捧在胸口，然後將記憶回溯至事件的初始，提筆寫下一切。

外頭的世界依然在播放電音舞曲，鏡球繼續轉動，在永無止境的好景氣當中，金色星星在夜空閃爍。遠遠地可以望見永不結束的塑膠嘉年華，那裡似乎充斥著無限歡樂。對於升學，我有些猶豫，不知該和扇子學姊一樣選擇外面的學校，或是該跟著時雨社長一起進入同體系的女子大學。但是，我想，我再也回不去那個炫麗燦爛的世界了。那時我們儘管想改變什麼，卻不思考，結果惹出一場金色的、虛假的革命。至於現在的我，身為一介讀書俱樂部社員，我盡可能不改變，並不斷思考。已經歸化社團的我，恐怕再也不會塗上口紅、穿上漆皮皮鞋，而是和時雨她們一起活在沒有泡沫的世界裡吧。

美即醜，醜即美。
願世界輝煌燦爛，直到永遠。

一九九〇年度　讀書俱樂部社團紀錄簿
主筆〈桃色扇子〉

第四章

一等星

就算你找遍全世界，
也找不到一個真正的隱密之地—
高貴也好、低賤也罷，沒有任何一個地方逃得過我—
除了這座絞刑臺！

霍桑
《紅字》

我變成搖滾明星都要怪草莓——山口十五夜事後這麼說。這確實像是讀書俱樂部中最內向、最愛做夢的她會說的話。然而，這句話中的真實只有一丁點兒，而且無論真假，二〇〇九年席捲學園的風雪人物——搖滾明星紅寶石，即讀書俱樂部社員山口十五夜，內心確實沉睡著學園正史沒有記載的黑暗部分。知道這件事的，只有我等讀書俱樂部社員。故茲在此，將紅寶石之星的黑暗部分，毫無隱瞞地記載於這本黑暗的讀書俱樂部社團紀錄簿。

這一年，也就是二〇〇九年，聖瑪莉安娜學園瀰漫著平和與毀滅的氣氛（是的，這兩種氣氛也是會同時存在的！）。遭遇不景氣與少子化，度過灰暗而蕭瑟的九〇年代，邁入二十一世紀後，學園便籠罩在風平浪靜的天空之下。校內沒有風波，沒有政變，也沒有悲傷，一片平和，但不可思議的，卻也緩緩吹著毀滅之風。好似王朝末期的都市，處處都瀰漫著濃濃的心死氣氛，表面上卻一派和平景象。

由於少子化等各種世間浪潮，一直傳出學園將與同一體系的男校合併的傳聞，但女學生不以為意，認為不過是傳聞。學園一如往常，從外界看來像蒙著一層薄紗，女學生也與過去一樣，個個清新優雅。只不過歷經過種種風雨動盪的修女們，看著那些在毀滅之風中依舊溫柔微笑的學生，不約而同做出同樣的評語：最近乖巧、沒個性的學生變多了。

在風平浪靜的時節中，我等讀書俱樂部都在做什麼呢？我們照樣前往南方邊境的紅磚建築三樓，聚在一起看書。塵埃遍布的社團教室裡，有裝飾藝術風格的桌椅和舊書架。天花板上有鏡球的殘骸，馬口鐵人偶和戲服凌亂地扔了一地，海螺號角和動物標本代替書檔壓制氾濫各處的書籍。桌上原本擺著數組骨董茶杯，但隨著歲月的腳步，漸漸破損減少。杯子裡倒滿了清淡的紅茶，少女們端茶啜飲。

剩下的骨董茶杯有六組，社員的人數正好也是六人。根據社團紀錄簿的記載，史上曾有過社員眾多的年代，但如今社員逐年減少，根本不必擔心教室容納不下，大家各自坐在椅子上、桌子上、地板上，靜靜地依照自己的意願看書。這一年，我們有二名高三生，三名高二生，新生只有一人。那名乖巧不起眼的少女，不好意思與學姊並肩坐在椅子上，總是低著頭坐在紙糊的馬頭飾品上。

這一年的讀書俱樂部社員，幾乎都是文靜不起眼的少女，只有一人除外，她既像異鄉人，也似闖入者，外貌十分引人注目。她將一頭遺傳自英國貴族曾祖母的豔紅秀髮紮成馬尾，五官分明秀美。這位高貴的前伯爵千金，名叫山口十五夜，打幼稚園起便是聖瑪莉安娜學園的學生，天天由司機駕駛黑頭車接送上下學。讀書俱樂部社員都是不容易大驚小怪的個性，即使十五夜明顯與眾不同，雖然故意「小姐」、「公主」地喚她，並沒有給她特殊待遇。十五夜也不會自以為了不起，總是不發一語地微笑著，個性內向，動不動就臉紅，但不愧貴為公主，身上確實有些超凡脫俗之處。她經常坐在窗邊以做夢般的眼神眺望窗外，那模樣，簡直就像鳥籠中高貴的珍禽。

本來憑這樣的出身，十五夜大可在學生會的貴族院掌權，為所欲為，但她卻緊跟著一名要好的少女加藤凜子，一頭栽進了讀書俱樂部。加藤凜子與千金小姐十五夜相反，是平民出身，成績十分優秀，國中才進入聖瑪莉安娜學園就讀。她一頭短短的黑髮，劉海分成七三分，戴著金屬框眼鏡，模樣像個神經質的知性少年。內向的十五夜在國中部與凜子相遇後，便緊黏著她，躲在她身後度過學園生活。只要是凜子看過的書，十五夜便借來讀，閱畢紅著臉嬌怯怯地說出心得感想。她正直善良的詮釋時而遭凜子促狹嘲笑，時而教凜子啞口無言。凜子聽完十五夜的感想，總會立刻搭起邏輯的空中樓閣，投以言語的火箭砲彈，譴責十五夜的天真。每次都令千金小姐羞紅了臉，沮喪不已。但十五夜老是沒有記取教訓，來到社團教室又緊黏著看書的凜子，每次凜子心血來潮回頭扔石頭放箭，她又受傷。

熟識兩人的少女常感到不解，心想十五夜對於凜子的仰慕之情，真的只是少女間真摯的友情（也就是所謂的「假性姊妹」）嗎？或者一廂情願的十五夜其實是隱性的「真姊妹」呢？每次偷偷問凜子，她總是嗤笑發問者趣味低級，接著又神祕兮兮地說：「那是妳們不了解十五夜，她比大家以為的要複雜多了。妳們都被她嬌滴滴的外表給騙了，不想去了解十五夜的本質。」當時誰也不懂這番話的含意，直到「紅寶石之星事件」爆發時，才真實上演在讀書俱樂部社員面前。這一年，二〇〇九年的春天到秋天，十五夜惹出一起瘋狂事端，令人不敢相信那竟是馴順善良的公主幹下的。那之後，十五夜走上了與凜子不同的路。而就像事後十五夜本人寥寥數語談起的，那全都要怪草莓。

新學期開始不久，某個星期一的放學後，十五夜一反常態，沉著一張臉來到社團教室。飄然入室後，她便靠在門上，不發一言地凝望凜子，一副欲言又止的表情。坐在桌子上看書的凜子頭也不抬地低聲說：

「有話快說，有屁快放。妳從以前就是這樣，只會在那邊忸忸怩怩，等人家來問妳。所謂的內向，我告訴妳，就是傲慢。」

這番冷言冷語教剛入社的高一新生大吃一驚，但其他社員似乎早已習慣這兩人乍看之下冷漠的互動以及凜子偶爾發作的殘虐性格，表情毫不吃驚。

「……凜子，妳有男朋友了？」

十五夜以銀鈴般與生俱來的天籟美聲問道。凜子狐疑地看著她，回說：

「沒有。」

「妳昨天沒到神保町去？」

「沒有。」

「……原來是這樣啊。」

口吻變得彬彬有禮的時候，就表示馴善的十五夜生氣了。凜子偏著頭，一臉納悶地打量著十五夜，但後來雙方沒再交換一言半語。其實，這正是風波的序幕，但當時誰也沒有發覺。這一天社團活動照常結束，高一生清洗了茶杯，準備鎖門。外頭天已經快黑了，烏鴉群有如小小惡魔在空中飛過。十五夜靠著牆陷入沉思，似乎沒有要離開的意思，於是高一生怯生生地發問：

「學姊，妳不回家嗎？」

學姊沒有回答。高一生雖然一心想回家，但決定再陪學姊片刻。山口十五夜就是這樣，有時會讓少女不由自主對她客氣起來。

她那一頭火紅的頭髮，是遺傳自出身英國貴族的美貌曾祖母。那紅寶石般的髮色令學園裡的少女羨慕不已，都說那是命運的顏色，但本人似乎非常介意，認為與清純寧靜的學園格格不入，不過是被詛咒的聖痕。十五夜家中，除了留學時與英國人結婚的曾祖父，還有沒當成文人殉情而死的伯父、與司機私奔的不良貴婦等等，熱情衝動的人很多。十五夜一直認為或許自己也繼承了這種血脈，因此對於愛或衝動等源自人類本性的激烈情感，內心暗自害怕。

高一生試圖尋找話題，便從口袋裡取出一把舊鑰匙。這是她幾天前在社團教室一角發現的，但這鑰匙比門上的鑰匙孔小得多，她正覺得奇怪，不知道這究竟是哪裡的鑰匙。她小心翼翼地拿給十五夜看。十五夜不愧是學姊，看一眼就猜著了。她指著剛才凜子所坐的那張骨董桌。

「一定是那個抽屜的鑰匙。」

「啊，真的耶！有個小小的鑰匙孔。」

「那個抽屜上了鎖，一直打不開。虧妳找得到鑰匙。」

受到誇獎的高一生紅了臉，將鑰匙插入孔裡，轉動一下。一打開，從抽屜深處滾出一只小小的玻璃瓶。瓶裡裝有暗紅色的液體，本來多半是裝滿的吧，但經過了長久的歲月，現在只剩瓶底還殘留一點。高一生歪著頭感到納悶，十五夜那雙大眼則瞪得更大，說道：

「這一定就是以前社團紀錄簿上提到的草莓香水。這香水是很久很久以前跟著聖瑪莉安娜從巴黎飄洋過海來的，都九十多年前的事了。哦，虧妳找得到。」

「社團紀錄簿是什麼？」

「啊，妳才剛進來，難怪不知道。每當學園發生了不會被記載在正史上的珍奇事件，或是社員成為歷史目擊者的時候，歷代學姊就會暗自記錄下來，然後將那些見不得光的筆記本，也就是讀書俱樂部的社團紀錄簿，混雜在其他書本之間，藏在社團教室裡。把這些筆記找出來看，是社員私底下的一大樂事。」

高一生十分感興趣，立刻在社團教室翻找起來，頓時灰塵四起，十五夜輕聲哀叫道：「學妹，提到香水的，是記錄『聖女瑪莉安娜失蹤事件』那一本。啊，記得是在那座標本底下，不對，不是那個，是旁邊的……對，就是那個。」高一生在十五夜的指引下找到筆記，津津有味地埋頭讀起來。

十五夜意興闌珊地說：

「不過，和過去學姊幹下的種種奇案比起來，我們的生活真的很平凡。與其說我們有個性，其實不過是我行我素，比起冒險，我們更看重不出錯。今年勢必很難留下有趣的社團紀錄吧。也難怪修女總是苦笑說，沒個性的學生愈來愈多了。那些學姊畢業後想必也過著精采的人生吧，而我們將來會怎麼樣呢……」

高一生聽著十五夜低聲說了這番話。過了一會兒，等到她回過神時，只見十五夜不發一語佇立在教室中央。那時高一生剛看完手上那本約莫五十年前，即一九六〇年度的讀書俱樂部社團紀錄簿，大夢初醒般呼了一口氣，她注意到十五夜的異狀，喚了一聲：「學姊？」

只見十五夜彷彿遭到雷擊，單手拿著玻璃瓶仰望天空，盯著壞損的鏡球。一頭紅髮散了開來，像燃燒的鬃毛垂在背上。高一生輕聲說：「這草莓香水真像學姊的頭髮，如此豔紅，就像血和紅寶石。」她站起身，但十五夜沒有回答。她一定是把香水灑在身上了。玻璃瓶底僅存的暗紅色液體不知何時消失了，取而代之的，十五夜身上散發出甜膩的人造香味。

「學姊？」

香水味道甜雖甜，卻給人一種絕望與虛無，帶著黑暗氣息的印象。高一生內心泛起不祥的預感，趕緊衝上前搖晃十五夜的身體。十五夜宛如從白日夢醒來瞳眸圓睜，過了幾秒才赫然清醒。「……糟糕，我怎麼發起呆來了。」她害臊地微微一笑，便匆匆準備回家。高一生雖然覺得她的模樣有些奇怪，內心感到不安，也只能默默目送她離去。

第二天起，十五夜便有些不同。她照樣閱讀加藤凜子讀完的書，並委婉地說出感想，但原本光明天真的解釋卻逐漸變得灰暗沉重，散發虛無與死亡的氣息。不久，說話時還會突然配上旋律，唱起歌來。十五夜一唱歌，天花板上的鏡球殘骸便開心地閃爍。社員固然覺得奇怪，也只能遠遠守護生病的同伴。到了那一週快結束時，十五夜突然造訪了位於新校舍的輕音樂社。

輕音樂社以校舍一角某間不再使用的理科教材室代替社團教室，隨興地進行活動。社員僅有三人，平常就是利用錄放音機聽音樂，玩玩吉他和鼓。「我不會任何樂器。」十五夜這麼表示。一個撥弄著電吉他的高䠷少女抬起頭來，驚訝地望著眼前突然現身的高貴千金，代表其他社員回答：「既然這樣，妳當主唱就行了。」十五夜鬆了一口氣，怯怯地露出笑容。於是，自下週起，她便成為讀書俱樂部與輕音樂社的雙重社員，出席雙方的社團活動。社團同伴覺得奇怪，莫不納悶地想：「她到底有什麼打算？究竟是哪裡不對勁？」這段期間，她以旋律搭配讀後感想吟唱的情況一天比一天誇張。一天，加藤凜子終於忍不住罵道：「妳太吵了！只會唱歌，影響別人看書！」十五夜聽了便放下看到一半的書，走出紅磚建築，再也沒有回來。這是五月初的事了。文靜乖巧，總是躲在凜子身後的千金小姐一走，不知為何，社團教室竟變得陰暗許多。凜子雖然裝作不在意，但好一陣子，她就像在等失蹤的貓回家一樣，將社團教室的門打開一個小縫，豎起耳朵等著那拘謹的腳步聲響起。春風自窗口吹進來，破爛的蕾絲窗簾空虛地晃動著。十五夜一直沒有回來。

高一生擔心十五夜是因為嗅聞了草莓香水才出現異狀，但因為顧及自己的學妹身分，不好意思開口。其他社員逞強地說：「那是她的自由。再說，千金小姐本就和讀書俱樂部不搭調，和我們格格不入。』『是啊……』『嗯……」但表情卻有些落寞。她們輪流坐在窗邊，望著那幢如惡夢般擄走十五夜的粉紅色嶄新校舍。

此後，山口十五夜彷彿將一度熱中的讀書俱樂部忘得一乾二淨，以異鄉人的逍遙心態泡在新的落腳處。充當輕音樂社社團教室的理科教材室，和讀書俱樂部一樣雜亂骯髒，極不適合千金小姐。教室中央有兩具人體模形，被擺成互相交纏的不雅姿態，低頭抬眼地睨視進門的人；泡在福馬林裡的胎兒、人類心臟、腦髓、雙頭蛇等標本排列在櫃子裡，曝露在電燈泡昏黃的燈光下。如果讀書俱樂部是下城勞工的酒吧，輕音樂社就是正常人止步的鴉片窟。揚聲器、吉他和鼓等器材都陳舊不堪，社員一向隨便保養隨便使用。十五夜將她視為聖痕而十分介意的一頭紅髮倒豎梳起，自稱「紅寶石」，粗暴地抓起麥克風架。輕音樂社的人又驚又疑，一度以為千金小姐發瘋了，不過那個抱著電吉他的高眺少女，也就是率先和十五夜說話的那位，本來就是個愛起鬨的人。她說：「那我自己皮膚白，就叫『珍珠』好了。」說完開玩笑地揮舞起電吉他。其餘兩人也跟著背起貝斯、坐在鼓前，試著演奏十五夜自己譜的曲子。眼前有曲子但沒有歌詞，十五夜便將在讀書俱樂部讀過的世界名著改編成歌詞，即興配唱。文學與搖滾竟不可思議地融合在一起，搏得社員一致讚賞，認為酷斃了。事實上，歌詞中文學詮釋的部分幾乎都不是十五夜本人的見解，而是經常與她暢談文學的凜子的言論……。十五夜的美貌與她脆弱易感的氣質，加上聞了草莓香水之後生了病的那顆絕望、虛無的心，在昏暗的理科教材室裡開始閃耀光芒。

不久，四人以搖滾樂團「人體模形之夜」為名，戰戰兢兢地展開活動。一開始是在理科教材室舉辦地下演唱會，邀請朋友來聽，但很快就匯集了驚人的人氣，原本的社團教室已容納不下所有觀眾。於是他們帶著交纏的人體模形來到走廊開唱，又過了一陣子，心驚膽跳地進一步到樓梯間表演。觀眾愈來愈多，「紅寶石」、「紅寶石」的，熱情高喊主唱的名字。吉他手珍珠也頗具姿色，每次兩人在間奏時背靠著背表演，或是在演唱中互相凝視，都會讓少女發出近似尖叫的甜美歡呼。出於悲傷而梳得高高的火紅秀髮，大眼睛，以及額頭上的銀色星星，是「紅寶石之星」的正字標記。團員個個秉性隨和，善待歌迷，對目前的人氣都十分滿足，但十五夜看著眼前擠得樓梯、走廊水洩不通的歌迷，沉思許久。然後，她拜訪了位於舊校舍五樓的學生會，怯怯地找人商量。學生會花了相當長的時間和她詳談，最後貴族院做出決定，表示只要不唱低俗、褻瀆上帝的歌詞，而是歌頌文學，維護聖瑪莉安娜學園的秩序與道德，學生會便支持十五夜的搖滾樂團，並負責說服修女。最後以星期五傍晚為限，准許樂團在聖瑪莉安娜銅像底下舉辦戶外演唱會。

這時候，新聞社也注意到樂團爆紅的人氣，製作了「人體模形之夜」的專題報導，還來採訪主唱的好友加藤凜子。凜子整理著三七分的劉海，發表了寥寥數語。

「我的確認識她很久了，但到現在還是不懂她在想些什麼。為什麼要組搖滾樂團？這種事我怎麼知道。記者同學，她啊，是個非常複雜的人……」

在歌迷與友人的一片溢美之詞當中，唯有凜子的評語透露了不解與質疑，但所有人都以為那純粹只是出自昔日好友今日陌路的冷言冷語，並不當一回事。

不久到了六月，聖瑪莉安娜節的季節來臨。「人體模形之夜」這時雖已是人氣樂團，畢竟還是小眾之流。

今年的王子選拔賽呼聲最高的，是戲劇社的一個硬派美少女。她預定在聖瑪莉安娜節的戲劇公演中，飾演苦惱的哈姆雷特一角。公演當天，布幕一掀起，戲劇社全體人員臉色大變。往年的公演一向是觀眾擠到門外的盛況，況且今年要推出的是得意力作，但場內竟沒有半個觀眾。震驚中，王子候選人連台詞也忘了，穿著中世紀貴族的戲服呆立在臺上。就在這時候，中庭傳來亢奮的鼓聲，電吉他的嘶鳴，以及「紅寶石之星」空靈嘹亮的歌聲，少女的尖叫。戲劇社社員穿著戲服便奔出體育館，咬著嘴唇，瞪視著來鬧場的「人體模形之夜」。樂團的歌詞與戲劇社的公演主題不約而同都是《哈姆雷特》，但臺上的歌手穿的不是中世紀的服飾，而是一身街頭搖滾少年風格。骷髏圖案的黑上衣搭配骨董破牛仔褲，赤著腳，猛甩一頭倒豎的紅髮，歇斯底里地唱出現代版的哈姆雷特。「To be, or not to be! That is the question! That is the question!」歌手瘋狂嘶吼，少女們為之癡狂，看到紅寶石靠在穿著黑西裝與皮靴、扮演死去父王的珍珠身上輕聲呢喃，少女便激動落淚，不斷呼喚紅寶石的名字，甚至有人昏了過去。隨後舉辦的王子選拔賽，原本預測會由戲劇社獲得壓倒性的勝利，但結果出乎意料，竟由紅寶石——山口十五夜——以些微差距當選。那個內向、動不動就臉紅、總是躲在凜子背後的十五夜，如今竟在眾人面前大方唱歌跳舞，在舞臺上奔跑，讓觀眾興奮到最高點，彷彿是個天生的搖滾巨星。向來引以為恥的紅髮，如今梳得高高的，好似燃燒的鬃毛迎風搖曳。與生俱來的美貌光芒四射，銀色的星星在搖滾明星的額頭上熠熠生光，成為最閃亮的一等星。

新王子有著前所未見的背德氣質，在聖瑪莉安娜學園引爆了文學搖滾的熱潮。對此最感到錯愕的，自然就是王子的老巢——愛好文學的讀書俱樂部。高一生又驚訝又難過，不知所措地搖晃著依然孜孜不倦在看書的加藤凜子的肩膀。

「事情到底為什麼會變成這樣？明明兩個月前，十五夜學姊還在這間教室裡，坐在那張椅子上，和我們一起看書的。」

「那是她的資質。她身上本來就流著狂放不　的血，是為愛與墮落而活。只是之前她因為害怕強迫自己隱瞞起來罷了。」

凜子打著大大的呵欠回答。她抬起頭，不解地望著大受打擊的高一生。

「有什麼好震驚的？」

「因為……」

「換個地方，另一種面貌自然也會跑出來。人類就和阿修羅神像一樣，有好幾張臉。妳也一樣，只是妳自己沒有發現而已。」

凜子翻著書喃喃地說。

「她是個熱情的人，這一點我最清楚了……」

高一生從此什麼都不問，什麼都不說了。社團教室裡，文靜的少女喝著紅茶看著書，也不知是一無所知，還是因為洞察一切，總之她們照樣散坐在喜愛的地方，默默照各自的方式過日子。

聖瑪莉安娜節的騷動結束後，「人體模形之夜」以王子本人率領的搖滾樂團為號召，人氣勃發。每到星期五傍晚，學生便聚集在中庭投以熱烈的視線。原本僅有三名社員的小眾集團輕音樂社，社員激增。由於理科教材室容納不下所有社員，隔壁那間有數張白色大桌的寬敞理科教室，就成了新的社團教室。許多希望變成「紅寶石之星」的少女，以中庭巨星為目標，陸續組成新樂團。星期五傍晚的中庭，熱鬧得有如搖滾音樂節，大大小小的樂團同時舉辦演唱會。每天傍晚，汗水四濺，演出者與觀眾一同香汗淋漓地唱歌跳舞。

進入暑假之後，騷動一度沉寂。「人體模形之夜」雖然人氣依舊，但類似的新樂團如雨後春筍般誕生，歌迷漸漸分散。暑假結束，曬黑的學生在殘暑中重返學園。讀書俱樂部的高一生認為，紅寶石的樂團人氣將受到考驗。她把這個想法告訴新任社長凜子，但凜子回說：

「哦。不過，我想十五夜會設法解決的。」

喃喃說出一句令人不解的話，她便不感興趣地低下頭，繼續讀自己的書。

就在第二學期的某個星期五，發生了一件大事，足以令聚集在社團教室的讀書俱樂部成員同時摔落手上的書。那天喧鬧聲如常自中庭響起，熟悉的嘹亮歌聲透過麥克風傳來。聲音的主人自然是山口十五夜，但她的語氣似乎比平日多了幾分落寞。

「各位，好久不見。我們是『人體模形之夜』。今天要為大家演唱一首新歌，〈紅字〉。」

「紅字？」

凜子猛地自書中抬起頭來，喃喃自語。她把弄著金屬框眼鏡，茫然地問：「是霍桑的《紅字》嗎？」

「應該是吧。」

「那本也是我看完以後借給十五夜的書。不過，我一直覺得很奇怪，她為什麼老唱文學呢？搖滾本來不是應該唱自己的人生嗎？」

「可是，那位千金小姐哪有搖滾樂的黑暗和墮落可唱啊。」

「又來了，妳們都不了解真正的山口十五夜，她心中當然有深不見底的黑暗。……不過，沒想到竟是《紅字》。『人體模形之夜』之前都是唱喬治桑或柯蕾特之類比較甜美的作品，為什麼這時候竟唱起發生在清教徒殖民地的通姦罪？」

讀書俱樂部眾人面面相覷，納悶地說：

「不知道耶……」

「聽妳這麼一說，的確奇怪。」

《紅字》的作品背景，是十七世紀中葉的新大陸麻薩諸塞州、民風嚴謹的清教徒殖民地，描寫犯下通姦罪、產下私生子的年輕女子海絲特，必須身穿繡有猩紅「A」字的衣物到廣場上示眾，以代替死刑。她被迫穿上繡有罪惡象徵的衣物，被拖到眾人面前。

「請讓開一條路。我保證海絲特夫人會被安置妥當，好讓所有男女老少，從現在起到中午一點，都能好好欣賞她那身漂亮的衣裳。天佑我正義的殖民地麻薩諸塞，罪惡在此無所遁形！來吧，海絲特夫人，到市場上展示妳的紅字吧！」

從此，這女人終其一生都得在胸前佩戴紅字，而與她通姦的年輕牧師也因悔罪，自行在絞刑臺上殞命。「就算你找遍全世界，也找不到一個真正的隱密之地——高貴也好、低賤也罷，沒有任何一個地方逃得過我——除了這座絞刑臺！」最後，受到清教徒社會的譴責，背負罪名而死的兩人，墓碑上刻著「一片漆黑之地，一個猩紅的A」，至今仍在麻薩諸塞州的無名之墓中沉睡。

社員們紛紛自書中抬起頭來，對於要如何將這個故事唱成搖滾樂感到好奇，心中也不無期待。只聽中庭繼續傳來十五夜的聲音。

「這是我們的第一首抒情歌，雖然和以前的狂野曲風不同，但我想大家會喜歡的。……那麼，請聽我們的新歌。」

演奏開始，凜子好奇地歪著頭，望向窗外。

「好清冷的旋律啊。『人體模形之夜』向來以激昂的曲風為賣點，這是第一次挑戰抒情歌……」

她喃喃說完，視線又落在書頁上。

但是，歌詞一唱出來，包括凜子在內，所有人手上的書都掉了。本來托著腮故作從容的凜子，錯愕得差點從桌上滾下來。

「這首歌的女主角是高中部二年級的加藤凜子。她有個絕不讓我知道的秘密，罪孽深重的紅字。大家都知道，凜子與我是國中以來的好友。我是個不中用的小毛頭，總是跟在能幹的凜子後頭。是凜子與我暢談喜愛的音樂，推薦我好書的也是她。我對她的感情，無法在此多說。喏，各位，各位一定也有這麼一個重要的人吧！既不是家人，也不是其他人，一個誰都無法取代的人。要說是朋友？或該稱作戀人？這由妳們來決定。對了，那個人，我們應該這麼稱呼——someone。」

平常隨著高亢的旋律起舞的少女，吃驚地站在原地，一臉感動地聽得入神。其他的樂團成員也停止演奏，側耳傾聽紅寶石王子的第一首抒情歌。不知不覺，中庭靜得嚇人，只有王子平穩的歌聲與吉他手的演奏，宛如世界末日的號角，響徹整座校園。

在此之前，王子都是將文學中的戀愛故事或古典悲劇，以她獨特的詮釋——其實是盜用凜子的見解——配上狂野的搖滾旋律來唱，這首新歌實在太出人意表了。只見王子身穿簡單的白洋裝，布料上以血書般狂放的草體寫著猩紅A字，赤著腳，緊握麥克風。少女們一開始感到疑惑，但這首悲歌伴隨著平靜的旋律逐漸滲透到她們心底的角落。秋日的夕陽餘暉下，少女們緩緩搖動螢光棒，一個接一個跟著王子一起唱：someone……someone……someone……

「我一直好怕，要是凜子交了男朋友怎麼辦？我以為那會是世界末日。所以我有時候會故作開朗，問她：有沒有心儀的男孩？凜子總是笑著回說：那怎麼可能。但是我看到了，就在今年四月……在神保町的十字路口，碰巧看見了凜子。我停下車想喊她，卻叫不出口。因為她和男友在一起，和他搭著肩走過去。我吃驚，我慌張。第二天在社團教室碰面，我若無其事地問：昨天，妳去了神保町？凜子對我說謊。她說沒去。我好怕，好怕。因此，在凜子離我而去之前，我必須先離開她。她背叛了我，我失去了她。我看到了凜子胸前的紅字，那烈火般燃燒的，腥紅的A。」

讀書俱樂部全員都想起了春日裡的那一天，一臉落寞地靠在門上向凜子問話的十五夜，以及凜子冷冷的回答——「沒有」。在全體社員的注視下，凜子冷靜地拾起掉落的書本，然後一臉受不了的表情，猛搖手。

「才不是，我沒說謊。要是我真的和男生搭肩走在路上，一定會第一個告訴十五夜。」

中庭裡繼續傳來十五夜如泣如訴的歌聲。

「今晚月亮也會哭泣吧！流下星光般的淚水，淚濕的臉頰染成銀色，以雲朵拭乾。加藤凜子的，猩紅色的A！加藤凜子的，猩紅色的A！」

「不過，這下可麻煩了……」

在同伴懷疑的視線中，凜子迅速關上窗戶，並緊緊拉上窗簾。高一生有些不解，悄悄從窗簾縫隙望出去，正好看到大約十名戴著新聞社臂章的少女，自新校舍疾奔而出。她們對準靠在吉他手肩上激動嗚咽著繼續歌唱的紅寶石，按了無數次快門。在傍晚時分的學園裡，鎂光燈如閃電落雷般刺眼地閃個不停。凜子從內側把門鎖上，一連串動作有如預測到搶米騷動的米商。她一反常態，焦慮地在教室內走來走去，抱著頭嘀咕：

「可惡的十五夜，偏偏拿我來開刀，這不是正好給新聞社當八卦報導嗎！光是紅寶石之星的友人身分，就已經夠惹眼、夠麻煩了！現在運動會剛結束，又沒有其他活動，也沒出什麼事能分散注意力。啊啊，真要命！」

新聞社的少女陸續奔進宛如廢墟的紅磚建築，社團教室的天花板和牆壁登時搖晃起來，灰塵四落。許多年來，出入這幢破房子的只有寥寥數名的讀書俱樂部社員，此時，這幢危樓因接連而來的腳步聲激烈晃動。

社團教室的門被敲響。凜子沒開門，只大聲回應：

「是誰？」

「我們是新聞社，想找高二的加藤凜子同學，請她針對『人體模形之夜』的新歌發表意見。」

凜子捏起鼻子，變聲喊道：

「她不在，她已經回去了！」

「……哦，既然這樣，我們只能採訪王子這一方了。」

中庭裡撼動人心的樂聲仍舊迴盪著，彷彿要撕裂日暮的紫色天空一般。

下個星期一開始，加藤凜子成為新聞社追逐的目標，向來沉著冷靜的她竟因此消瘦憔悴。紅髮王子則與樂團成員趁著午休，在理科教材室接受採訪。等到星期二早上，王子翔實交代她與加藤凜子之間的友情是如何變質的供詞，已經成為號外特報，傳遍學園。

號外中記載了兩人自國中開始的友情，寫到王子親眼目睹凜子與男友相處的情狀。曰：四月某個週末，十五夜搭乘黑頭車經過神保町，在人群中發現加藤凜子。

凜子平常總是身穿清純的白襯衫和百褶裙，但當天不知為何，竟一身休閒打扮，穿著男用襯衫搭配牛仔褲，頭戴棒球帽。十五夜還在為她轉變之大震驚不已，就看到她與一個打扮相似的男孩進了書店。兩人搭著肩，互動親密。十五夜驚訝得立刻跳下黑頭車，想追上兩人，但神保町就像一座爆炸的老圖書館，小型舊書店如碎片般四散林立，她沒多久就迷了路。是不是弄錯了？對方是不是哥哥或表親？十五夜十分煩心，在社團教室遇到凜子時，便故作無事地發問，但凜子只是冷冷回說「沒去神保町」。十五夜沒料到凜子會說謊，內心深受傷害，從此再也無法信任凜子。而當時心中受到的那道深深傷口，至今尚未痊癒……

十五夜接受廣播社的午休採訪時，也提到了同樣的事。語畢，她流著淚輕聲說道：「新歌便是以這樣的心情寫出來的，請大家再聽一次。」

紅寶石靜靜吟唱，一旁的珍珠彈奏吉他。她的歌聲是如此淒清消沉，整座學園不禁為之淚下。交男朋友倒不至於引人非議，但她們沒想到謊言竟能如此傷人，這份震撼點燃了少女心中的怒火。王子的悲傷，隨著旋律如野火燎原般一發不可收拾，迅速蔓延。午休結束時，高二的加藤凜子已經變成可恨的女巫、萬惡的紅字女。

加藤凜子本人既不否認也不辯解，拒絕做任何回應。但從這段期間開始，陸續有學生表示在神保町看到凜子約會。不知為何，時間總是在週末。每到星期一，就有學生跑進新聞社，描述自己目擊到的加藤凜子約會情狀。有人甚至以手機拍下模糊的照片，或供稱：「她和男生三人在咖啡廳裡，一待就是三個鐘頭。」「她和四、五個男生進了電影院。」「她和十個男生走在小路上。」不知為何，男生的人數不斷增加。紅寶石之星的「someone」在外不知檢點，而且男友不止一人的消息感傷地被報導出來。王子的哀慟更加劇烈，甚至連身形都消瘦了。在悲悽的深淵中所寫的新歌〈絞刑——敬啟者，埋葬加藤凜子！——〉前所未有的激情狂放，歌曲中熱情與惡意和無法抹滅的愛細膩地交織在一起，令少女為之狂熱。表演服裝則是納粹風的男裝，穿在具有歐洲血統的紅寶石身上，適合得不得了。無數點歌的要求立刻塞爆廣播社，無論早上還是中午，每到下課時間就播放這首曲子。凜子咬緊牙關，一臉苦相地忍耐著，直天某天午休，她終於站起身來，大喊著：「可惡的十五夜！」衝出教室。位於新校舍二樓的二年級教室，因這場風波騷動起來。凜子闖進隔壁教室，上前質問：「妳到底想怎麼樣！」山口十五夜不知為何拒絕與她對話，扔下吃到一半的懷石便當，不惜跳窗逃走。王子邊跑邊喊：「我再也不想和妳說話了！」凜子大聲嚷嚷：「妳這騙人精！妳這麼做是為了要出名是不是！結果害我微不足道的名譽一敗塗地，妳的搖滾樂團卻變成校園天團！我早知道妳是個卑鄙的詐欺犯，我要親手撕下妳額頭上那顆醜陋的星星！」以惡鬼般可怕的神情追趕十五夜。

這是讀書俱樂部社員第一次聽到凜子針對事件發言。放學後她們聚在社團教室，問起那番話是什麼意思。其中最感到不安的，便是那個乖巧的高一生。她坐在紙糊馬頭上，望著凜子。

凜子懶洋洋地抓抓頭，說道：

「很多事我也不明白。十五夜還在讀書俱樂部的那一天，也就是四月的那個星期一，她確實問我是不是去了神保町。可是我真的沒有去約會，也不知這是怎麼回事。不過，可以確定的是，十五夜領軍的搖滾樂團『人體模形之夜』利用我演了一齣戲。」

「演戲？」

「各位，接下來我說的話，妳們不能洩露出去。」

「我不會對任何人說的。」

「我也是。」

「當然，我也是。」

社員們把看到一半的書當成聖經，將手按在上面發誓。凜子諷刺地笑了。

「我和十五夜認識很久了。我比誰都清楚，在她內向怕羞的千金小姐形象背後，隱藏了更深沉的另一面。但這只是我的直覺，沒有證據。所以，這不過是身為

『someone』的我所做的假設。」

說著，凜子摘下眼鏡放在桌上。拿下眼鏡後，凜子神經質的表情顯得緩和許多，取而代之的，多了一抹寂寞的影子。

「雖然我在接受新聞社的採訪時沒有提，但我認為，『紅寶石之星』的人氣不是偶然。那是紅寶石，也就是山口十五夜，經過冷靜籌畫的結果。她去找學生會談，取得戶外演唱會的許可，接著刻意在戲劇社公演那一天，舉辦主題相同的演唱會，一步步按計畫打造她的巨星寶座。她和學生會之所以能達成共識，不是因為她對音樂的熱情，也不是天天到學生會敲門，精誠所致、金石為開。」

「怎麼說？」

「十五夜可是重量級人物，是至尊無上的公主。她外表看似溫和柔弱，卻有我們平民無法窺見的另一面。在這件事上頭，她恐怕是利用了自己的出身。在學生會掌權的貴族院，與出身高貴的十五夜本就是通家之好，所以學生會才會對地下樂團『人體模形之夜』寬容得出奇。這一點戲劇社根本不是她的對手。」

高一生困惑地舉起手，小聲地說：「可是，我不覺得十五夜學姊是心機那麼重的人……」

凜子沒有把握地笑了笑，搖搖頭。

「當然，這只是我的假設。我說的，不過是盤踞在我心中的那個狡猾黑心的山口十五夜罷了。但是，我相信自己一針見血點出了事實。好，回到利用我演一齣戲這件事。『人體模形之夜』最初是以文學搖滾這種奇異組合與狂放的旋律大受歡迎，但暑假過後，人氣開始下滑。我一直暗自好奇，十五夜會怎麼挽救聲勢。由於仿效狂放曲風的樂團愈來愈多，十五夜大概是看出這一點，才計畫推出從未嘗試的抒情歌吧。只不過，光是推出可能不夠引人注意，於是在歌詞中加入她和我的友情，以及自己曾被辜負的經驗。那首歌確實不錯，但是會如此受歡迎，是因為新聞社和廣播社窮追不捨大肆宣傳的緣故。等到事情鬧到最高潮的時候，再推出她有自信的狂野新歌，這下更是大紅大紫。妳們等著瞧吧。本來只是小小樂團的『人體模形之夜』，現在已經逐漸成為怪物樂團，足以在學園演藝史中留名了。這就是令人膽寒的大惡人、花容月貌的山口十五夜策動的完美計畫。」

凜子喝了一口紅茶，蹙著眉頭懶懶地說。社員專注靜聽凜子的假設，對這與眾不同的解釋感到新鮮，但很遺憾的，這魅力十足的邪惡假設與十五夜給人的印象實在相去太遠。高一生十分困惑，不小心將紅茶潑灑在地。凜子的假設，簡直就像她和十五夜在一起議論文學時打造的空中樓閣，像是以經過千錘百鍊的言語火箭砲彈，朝赤手空拳的千金小姐發射，以打擊十五夜的善良。然而，與過去不同的是，凜子今天說話時的表情鬱鬱寡歡，聲音顫抖不安。

「我啊，是山口十五夜為了成為明星所祭出的代罪羔羊。恐怕是因為我既是她的『someone』，又是無名小卒。我只是以平淡為信條的一介讀書俱樂部社員，不是貴族出身。很遺憾，我與學生會的貴族院也沒有家族間的往來。當然，這樣沒什麼不好。但對高貴的十五夜而言，我雖然是重要的朋友，也是蟲蟻草介般的平民，毀不足惜，所以她才會輕易地踐踏我，利用我。我從沒遇過像她這樣的人。……只不過，神保町的約會還是不解之謎就是了。」

「可是，」高一生插嘴了。「學姊看起來不像那樣的人。她只不過是愛做夢，常發呆，有點令人擔心而已……」

高一生回想起十五夜落寞的側臉，以及她坐在窗邊嫺靜的模樣，忍不住以顫抖的聲音提出反駁。但凜子毫不留情，繼續以言語的碎石攻擊人不在場的十五夜，不斷放箭，彷彿直到對方氣絕才肯罷休。

「就是這一點！就是這一點！山口十五夜的精神具有令人無法忽視的脆弱藝術家資質，卻又有極其污黑、極其頑強的地方。分明是千金小姐，卻是文學與搖滾的私生女。分明內向害羞，卻又擁有極致的表演欲。分明容易受傷，卻又像鋼鐵一樣堅強。分明頭腦天真簡單，城府卻又深得駭人。所以我才會對新聞社說，她是一個非常複雜的人。了解這一點的，在這個廣大的聖瑪莉安娜學園裡，也只有我一人！」

儘管自稱遭到十五夜踐踏，凜子卻驕傲地挺起了胸膛。也許是對自己搭建的空中樓閣感到心滿意足，她不再說話，又埋頭看書。

那一天凜子雖然氣急敗壞地追打十五夜，但她並沒有向社員以外的人提起她的假設。不過，新聞社緊咬凜子追趕十五夜時說的話，主張「人體模形之夜」犧牲凜子的沽名釣譽之說；廣播社則擁護王子，批判凜子的雙重生活。雙方展開新聞大戰。遭人非議的凜子固然聲名掃地，但神聖的原告王子名譽也隨之蒙塵。儘管紛擾不斷，遭到抵毀，山口十五夜的巨星地位卻更加鞏固。因為這時期誕生的新歌〈絞刑〉大受歡迎，是樂團的歌曲中數一數二的名曲。學生自然而然哼唱出旋律，直想隨之起舞，生存的喜悅與錐心之痛兩種情緒，甜美而沉重地貫穿了少女的身與心。

一天，戲劇社眾人爬上紅磚建築塵埃密布的樓梯，來到讀書俱樂部的社團教室。在輕音樂社靠從眾媚俗贏得的人氣壓制之下，今年的戲劇社存在感頓失，畢業在即的高三學姊也天天斥責高二生沒出息、不中用。她們此行的目的，是為了拉攏千夫所指的可恨魔女加藤凜子。只是她們沒有想到，魔女竟是個不起眼的神經質少女，令人難以相信是那個華麗王子的「someone」。在六月聖瑪莉安娜節時，曾在沒有觀眾的舞臺上屈辱演出中世紀版哈姆雷特的戲劇社社長重振精神，向凜子提議：

不妨來戲劇社當明星，反過來利用現在卑劣的形象，扮演毒婦的角色。

「同學，難道妳不想大鬧一場嗎？不想剉剉紅寶石之星的銳氣嗎？與我們聯手，從可恨的她身上搶走明星的寶座吧！如何？戲劇社歷史悠久，有的是塑造明星的實力與成績。」

讀書俱樂部社員表面上在讀自己的書，其實個個將耳朵張得和小飛象一樣大，靜觀事態發展。結果，凜子嗤之以鼻，冷冷地說：「可是，我並不想成為任何人。我只要能在這裡看書就夠了。愚人十五夜確實給我帶來不少麻煩，但想把她拉下臺，妳們自己請便。」說完她將戲劇社趕出社團教室。

另一方面，那個前社員山口十五夜一度嗅聞過、如今已成空瓶的香水瓶，事後便收回桌子的抽屜，上了鎖。知道這件事的高一生每次看到那張桌子，就想起深藏其中的舊空瓶，感到不寒而慄。那天教室中不可思議的氛圍與甜蜜濃厚的草莓香味，她還記憶猶新，每次看到毫不知情坐在桌上看書的加藤凜子臉上的憔悴，內心便隱隱作痛。

「我想過了……」

為了盡棉薄之力，某天放學後她謹慎地開了口。坐在紙糊馬頭上，她說：「一直有目擊證人指出看到社長在神保町約會，我覺得很可疑，那個……」她才說不到幾句，凜子便頭也不抬地放槍：「怎麼？要玩偵探遊戲？」

不過其他社員暗示她說下去，她便鼓起勇氣繼續說：

「要約會，多的是地方可去。神保町是書店街，我們雖然會去那裡買書，可是……」

「嗯，的確沒錯。」

有人附和。東京各地的大型複合式大樓落成已久。六本木之丘，表參道之丘，東京中城。電影院、商店、餐廳、辦公大樓、飯店旅舍齊備，有如水泥綠洲的設施，海市蜃樓般在都市各處出現。每出現一處，年輕人便像沙漠裡渴水的動物蜂擁而至。年長者與具有特殊愛好的人集中在老街，會去新市區的則是消費能力強的年輕人與小家庭。

「我想那不是約會，而是有相同愛好的人一起去買東西罷了。這麼一來，同行的人多也不奇怪。凜子學姊，妳覺得呢？」

凜子一臉苦相跳下桌來。高一生彷彿聽到空瓶在抽屜深處滾動的聲響，不由得雙肩一顫。

「世界上有所謂的安樂椅偵探，妳既然坐在那東西上面，姑且就叫妳紙糊馬頭偵探吧。……很不巧，有目擊情報的那些日子，我幾乎都沒出門。既沒有約會，也沒有外出購物。換句話說，那是我的分身（doppelganger）。」

凜子粗暴地關上門，負氣回家了。但是，第二天，高一生鍥而不捨地重拾話題。

「我還注意到一件事。」

「……又是妳。我可是什麼都不知道。」

「目擊情報為何都只發生在週末？我們平日也會在街上走動。當然，穿著制服能夠出入的場所有限，為了逃避修女耳目，不能到鬧區。但是，進書店應該不會受罰。」

「嗯……」

「就像凜子學姊說的，既然學姊沒有出門，那麼大家看到的一定是分身，不，是外表與凜子學姊極其相似的人。如果是一頭紅髮的十五夜學姊，當然不可能被認錯，但凜子學姊是三七分的黑髮加眼鏡，中等身材，恕我失禮，外貌不算有個性。」

「妳是想找碴嗎？」

「不是的。因為我也一樣，不，我這應該算長得醜了……。總之，我想說的是，很可能是有個外表與學姊神似的人在神保町出沒，大家都認錯了人。但是，事情只發生在週末，平日那人也會出門，卻沒有人會誤認他是凜子學姊。這是為什麼？……我認為關鍵就在制服上。」

高一生熱切地說著。不知不覺中，社員們把書放在一旁，專心聽高一生說話。

「平常我們穿著制服，這麼一來，一看就知道是聖瑪莉安娜學園的學生，一般人可能會注意制服，很少去看長相。那個人多半是其他學校的學生，平時穿著別校的制服走動，所以沒有人會認錯。」

「……原來如此。倒是有一點道理，不過就只有一點，沒有兩點。」

凜子不情不願地點頭。社員們雖然半信半疑，但認為既然有這個可能，只要找出那個人事情就解決了，於是她們利用平日放學後、甚至週末，走遍了書本森林神保町的每一個角落。大型書店從一樓找到頂樓，舊書店從店門找到店內，就連位在地下室的咖啡廳也不放過。

有一天，迎面走來一群身穿淡紫色立領制服的男學生。他們一共有五、六個人，個個一臉斯文，卻散發著難以相處的氣質。只見他們互相出示新買的書，一面走一面爭相議論。錯身而過時，其中一個戴著金屬框眼鏡的嬌小男生似乎大吃一驚，嚇得連手上的書都掉了。凜子停下腳步，幫他撿起來。「你的東西掉了。喔，這本書我也在找呢，被你搶先一步……」說著抬起頭，想將書遞給對方，這下，凜子也吃了一驚。兩人隔著一本書，眼鏡同時打顫。

這名男學生的長相像極了加藤凜子。讀書俱樂部的社員內心同時閃過一句話：這才叫一個模子印出來的！原來目擊情報中，凜子都穿著男襯衫和牛仔褲、和男孩子混在一起，都是因為這個同一個模子印出來的人是男生。儘管對這不尋常的發展十分吃驚，一干人還是圍住兩人，齊聲驚歎，說著，「好像啊」、「不僅長得像連氣質都像」、「尤其是愛理論和故作局外人的樣子最像」。不過，說著說著，她們的話變少了。因為發現其他的男學生其實也和讀書俱樂部的社員有相似之處，都是感覺偏狹又敏感，表情一臉不高興。眾人氣憤地想：什麼嘛！他們簡直就是我們的諷刺畫像嘛！

男學生的反應倒是與悶悶不樂的讀書俱樂部相反，個個快活地笑了。他們淡紫色的制服，讀書俱樂部社員也認得。那是與聖瑪莉安娜學園同一體系的男校制服。他們之中有一人自稱是社長，他說五十年前學長聽一位受雇為清潔工的外國老人說起女校的讀書俱樂部。在圖書館一角分坐看書的幾個男學生，聽著老人暢談，對他口中的讀書俱樂部心生嚮往，便也自行以閱讀為主題組成社團。「老人的名字？不知道，早就被遺忘在時光之河的彼方了。這是歷代學長口耳相傳的故事。這人已經不在了。不過，他倒是留下了一本書，是以古法文寫的，談論無神論的書，很有趣。」老人曾對當時的男學生說：在遙遠的將來，總有一天你們會與那個讀書俱樂部相遇，百年之後，兩者將合而為一。這段話，讀書俱樂部社員並不陌生。她們想起很久很久以前的那個吉普賽預言。（百年之後，會有外來者到來。）（是妳帶來的——）一如這些預言，這裡的「妳」，恐怕就是那個死後仍具有魔力的「他」。他究竟是怎麼把男生帶到我們身邊的呢？——眾人面面相覷，擔心害怕地互相耳語。

男生們單手拿著書，笑著消失在地鐵站入口。而被留下來的現任讀書俱樂部社員，覺得自己彷彿身處在遙遠的上個世紀初、巴黎夜裡颳起的那陣令人發毛的毀滅黑風中。

自那天起，加藤凜子便發燒病倒。雖然社長凜子重理論、個性強硬，但遇到打擊時，最脆弱的人或許是她。為了幫助凜子，社員在她病倒的這段期間，透過網路搜尋同一體系的男校，找到社團活動的介紹網頁。不愧是男校，運動性質的社團很多。而在藝文類的社團活動中，確實有一個社團叫「文藝愛好俱樂部」。她們在七、八個人的團體照正中央，找到了那個酷似加藤凜子的男學生。他背後還有一個穿著白色蕾絲襯衫、老態龍鍾的男人，嚇了社員一跳。不過仔細一看，原來那個老人不是活人，而是一個蒼老外國男子的肖像，畫風就像「格雷的畫像」❖。她們將男學生的臉部照片擴大列印，匿名送到新聞社，隔天立刻見報。學園喧騰一時的「加藤凜子紅字事件」總算平息。少女的注意力轉移到聖誕彌撒等校園活動上，這件事也隨風而逝，漸漸被人淡忘。

大家都以為，這下王子所領軍的搖滾樂團「人體模形之夜」受歡迎的程度將打折扣，沒想到下一週，紅寶石竟主動發表樂團將於年底解散的消息。原因是要到外校升學的吉他手珍珠將開始準備升學考試，樂團與學生會商量後，決定在聖誕彌撒後盛大舉辦解散演唱會。凜子事件的騷動雖已結束，但由於解散進入讀秒階段，再度使紅寶石的搖滾樂團成為大眾的焦點。總算退了燒來上學的凜子看到這樣的發展，不但不生氣，甚至快活地笑了，說道：「嗯，她絕不會誤判情勢的。」

不久，凜子收到山口十五夜用草莓圖案的信紙組寫來的一封長信。信中懇切地表示歉意，說自己看過報紙了，很抱歉對她心生懷疑。看了這封信，凜子摘下眼鏡以手帕擦拭，深深地嘆了一口氣。

「結果，我還是不知道她到底是認真的，還是開玩笑。她是利用花容月貌來隱藏惡意的大壞人嗎？還是因為太過天真善良，以致腦袋出了問題？」

聽她說這些話的高一生，也跟著一起深深嘆息。做出負面假設，指責山口十

❖〔譯註〕出自英國才子王爾德（Oscar Wilde）的作品《格雷的畫像》。

五夜城府深、心機重的凜子，如今開始懷疑自己的推論。相反的，高一生遠遠望著窗外那個完全落入紅寶石手中的聖瑪莉安娜學園，開始認為也許真相正如凜子的假設。凜子蹙起眉頭，淡淡一笑。

「完全搞不懂吧？」

「是的……」

「但是，明星本來就是這樣。」

彷彿看穿了她的心，凜子取笑著說。高一生在窗邊托著腮，以從未有過的陰鬱聲調低聲回道：「是這樣嗎？」

「是啊。所以，學妹，像我這麼好懂的人絕對當不成明星的。戲劇社來找我的時候，我心裡想的其實是這件事。」

凜子的聲音出奇軟弱，隨時消失都不奇怪。

解散演唱會在聖誕彌撒後於中庭舉行，盛況空前。僅有四個成員的「人體模形之夜」，春天時還窩在小小的理科教材室，之後，他們在近似哀嚎的歡呼聲中飛快地度過了美好的黃金一年，毫不留戀地解散。

在解散演唱會上燃燒殆盡的紅寶石之星，即山口十五夜，彷彿什麼事都沒發生過，在聖誕節第二天，只說了一句「……各位，我回來了。」便回到讀書俱樂部。

她不理會訝異的同伴，說聲：「啊啊，好累。」一屁股坐在椅子上，蹺起腳，翻開春天看了一半就放下的書本。彷彿她的離去不過是昨天的事。她注意到呆立在一旁的高一生，怯弱地笑著對她說：「喏，學妹，幫我泡杯熱紅茶好不好？我歌唱得太凶，聲音都啞了。」高一生像座人體模形僵硬地走去泡茶。凜子抬起頭來，沒事般低聲打了招呼：「妳回來啦。」其他同伴也跟著或「嗯……」或「……哦」回應。就這樣，十五夜又回到同伴的懷抱。高一生以顫抖的手泡著紅茶，苦苦思量，覺得憑自己是不可能看清山口十五夜的真面目的。她究竟是個好人還是大壞人？是令人難以忍受的明星？還是容易受傷的青年？也許她現在只是因為吉他手引退，不得已才雌伏。一想到隱藏在她額頭上的那顆聖痕般的銀色星星不知何時會再度爆發，她就覺得文靜微笑的十五夜像個怪物，內心暗自恐懼。然而，就在她取出收在櫥櫃裡多時的那組茶杯時，她竟覺得安心了，心想六個人總算到齊了。她這才明白，原來自己也像凜子和其他學姊那樣，像在等失蹤的貓兒回家，一直在等著十五夜歸來。端出紅茶後，十五夜以不復存在的「紅寶石之星」的甜美音色輕聲道謝。然後，彷彿疲累至極地，深深坐進椅子，端起茶杯。

繼承了伯爵家愛與墮落的血脈，卻一直加以壓抑的山口十五夜，真的是因為在春天的那一天，嗅聞了暗紅色瓶底殘留的米歇爾的香水，才引爆體內陰暗的旋律嗎？是那甜膩的草莓香，在那瞬間包圍了山口十五夜，並直達心臟，搖醒了在內向退縮的少女心中沉睡的那個人——邪惡的青年紅寶石之星？

這件事該如何記載在讀書俱樂部的社團紀錄簿中，我，高一生，代號「紙糊馬頭」，煩惱了許久。社長凜子從手上的書抬起頭來，取笑我說：「妳啊，不用想太多，愛怎麼寫就怎麼寫。妳也太認真了。」既然社長這麼說，儘管還有許多不明白的地方，我決定就老實依照自己的所見所聞將事情記錄下來。

創立九十年的學園，今天也吹著平靜的毀滅之風。聖瑪莉安娜的銅像露出溫和曖昧的微笑，低頭俯視我們。不知為何，我總覺得聖女瑪莉安娜在遙遠的過去露出的那個微笑，與置身於滿足而無所求的時代中的我們臉上的微笑，有些相似。說到這裡，都要歸功於山口十五夜，修女不再說沒個性的學生愈來愈多了。一個學生展露內在的另一面後，竟將學園搞得天翻地覆，這想必讓修女對於個性裡所隱含的暴力因子感到畏懼吧。但是，無論什麼時代，無論在哪一片土地上，羔羊群中總是會躲著一匹狼。

——然後，就在剛才，我因為太好奇了，便放下筆，戰戰兢兢地請教在一旁百無聊賴地看著書的十五夜。「學姊，妳還記得那天聞過的香水瓶嗎？」結果十五夜一面將紅茶往嘴邊送，一面以不像她的聲音肆無忌憚地哼哼一笑。「對了，那時候，我聞了米歇爾的香水，看到了奇特的幻影，所以才按捺不住，衝出教室唱起歌來。我告訴妳，那是個自由、低俗又可怕的夢。不過至於是什麼樣的幻影，我就不能告訴妳了……」

啊啊，這樣的話，果真是因為我把玻璃香水瓶交給十五夜，才會引發今年的異事，害整個學園天翻地覆，害讀書俱樂部的學姊疲於奔命。那天，我不該將撿到的鑰匙插進找到的鑰匙孔的。在看重不出錯甚於冒險的內向青年山口十五夜手中，那血一般好似在燃燒的、駭人的暗紅色液體！生命的顏色，虛無的顏色，青年的顏色，愛情的顏色。說到底，這場風波都要怪我。因此，今年的讀書俱樂部社團紀錄簿，由我——既是偵探又是罪犯、卻又從頭到尾與事件無涉、醜陋而無用的我——來記錄，應該是最恰當的吧……

二〇〇九年度　讀書俱樂部社團紀錄簿

主筆〈紙糊馬頭〉

第五章
習性&實踐

我們這兒尋尋那兒覓，
法國佬也翻天又覆地。
在天堂？還是在地獄？
紅花俠影無蹤亦無跡。

奧希茲女男爵著
《紅花俠》

二〇一九年對我等而言，是可怕的變化之年。此乃因黑暗的樂園，玫瑰色的牢獄，即我聖瑪莉安娜學園，將進入倒數時刻。這是新時代的開始，也是喚來不幸的北風，但身為讀書俱樂部社友，唯有接受改變，別無他法。

聖瑪莉安娜學園是一所歷史悠久的女校，在東京山手地區擁有傲人的廣大校地。從幼稚園乃至高級中學的校舍均位於同一校區，唯有大學另處一地。校史可追溯至二十世紀初，是的——也就是距今約一百年前的一九一九年，修女聖瑪莉安娜遠從法國而來，親手創立本校，培育篤信天主大愛、致力開創美好社會的女性為教育理念。一百年來，學園始終在這個如流水般不斷變化的國家毅立不搖。在外人眼中，學園裡的一切有如覆上一層薄紗，即使到了二十一世紀的現在，女學生的生態依然不為人知，外人只知她們是良家子女。唯有聳立於校地中央、規模媲美鎌倉大佛的聖瑪莉安娜銅像，映入每個在山手線車站下車的行人眼中，提醒他們學園就在這裡。

跨越了兩個世紀，聖瑪莉安娜學園的女學生依然清純可人，嬝嬝婷婷，身穿顏色柔和的奶油色制服，下自三歲上至十八歲，靜靜地來這所學校就讀。話雖如此，資訊化社會的確對女學生造成若干影響，書包裡暗藏手機、電玩、音樂播放軟體的少女愈來愈多。但變化僅止於此。女學生一頭黑髮或剪短，或整整齊齊地編成麻花辮來上學，外表依舊整潔又清新。令人有種錯覺，即使另一個百年過去，她們依然會繼續來學園上課……

話說，這一年，我等讀書俱樂部竟然痛失領地，成為學園的流浪民族。由於社團教室老朽日益嚴重，如今連同整幢紅磚建築一起遭到封鎖，有如囚禁罪犯圍上一圈又一圈的黃色膠帶，景象淒慘。學園視老朽的情況定期會對校內建築進行維修，但唯有此處彷彿被施了邪惡的魔法，讓學園經營者視而不見，幾十年來都遭到棄置。結果，如今建築物已見傾斜，不僅如此，還不時會有紅磚碎片散落。除了讀書俱樂部社員毫不在意，持續勇敢前往，這七、八年沒有任何人靠近。藤蔓密布，枯萎，又長出新的藤蔓，任其惡夢般蔓延糾纏。二〇一九年春天，新學期才剛開始，一群戴著黑框眼鏡的短髮學生會成員前來，在建築物四周圍上黃色膠帶，拿著掃帚、鐵槌和拖把，喊打過街老鼠般，將唯一的一名社員趕出來。

唯一的一名社員……

是的，在最後一年，讀書俱樂部只有一名碩果僅存的高二生。三名異形學姊上個月唱著讚美詩，像是被因全球暖化而提早盛開的櫻花樹給推出校門一般，在粉紅色的櫻花雨中畢業。從此讀書俱樂部便只剩下一個學妹。新學期開始後，依然沒有新生加入。而此刻，就連社團教室所在的建築物也被封鎖。高二生一手拿著愛書，一手提著圓鼓鼓的書包，像遭到追趕的可悲溝鼠逃了出來。她名叫五月雨永遠。

為了拯救下樓時失手掉落的愛書，永遠宛如動作片演員縱身一躍。她白皙豐滿的體形，與制服不相配到致命的程度，而她的反射神經也一如外表，十分遲鈍。她從樓梯上滾下來，勉強撿起書，忍著痛站起來，然後以那雙與圓滾滾的布偶體形不相配的銳利野貓眼神，瞪視著樓梯上的人。昏暗的樓梯上，脫落的磁磚碎片與粉塵不絕掉落，而手持拖把、架起掃帚、揮舞鐵鎚的學生會成員，就站在那裡俯視她，眼神就像鄙視平民的貴族般冰冷無情。五月雨永遠緊咬下唇，噙著淚，像懷恨的野貓瞪視著那些在學園社會中掌權的少女，然後一轉身，晃動著背部的肉，沉重地跑開了。

永遠自小學部便就讀聖瑪莉安娜學園，成績品行都沒有問題，屬於文靜、不起眼的學生。雙親是所謂的中產階級。由於少子化現象使得學園門戶大開，她才得以進入學園就讀。永遠豐滿圓潤的體形相當討喜，人見人愛，卻又不至於引人注目。

這或許是出自她天生的資質，又或許是她本身消極的處世之道造成的。在封閉的學園裡，她不曾引發任何問題，也不曾成為注目的焦點，度過了十年平和的歲月。照理說，畢業前的這兩年，她也不會有機會幹下任何足以在學園正史記下一頁的事蹟。

二〇一九年春天，五月雨永遠因為上述原因，被趕出紅磚建築。她拿著書便跑出來，一時間也不知該往哪裡去。櫻花早就謝了，日本因全球暖化逐漸轉變為亞熱帶氣候，這一年才春天，學園花壇的九重葛就已經性急地開花了。永遠跑過盛開著異國豔紅花朵的庭園，來到聖瑪莉安娜銅像前。這座銅像由於太過巨大，來到近處時根本看不出是什麼物體。永遠一屁股坐在草地上，逞強地裝出不在乎的模樣，縮起臃腫的身軀，打開剛才挺身保護的愛書，像是在說：「只要有書，我什麼都不在乎。」悶熱的風吹來，九重葛的紅色花瓣隨風搖曳。已經放學的女學生高雅的笑聲傳來。永遠悄悄抬起頭，只見女學生手牽著手，微笑著在小徑散步，挑了張長椅坐下，一派開心的模樣。看著她們優雅的舉措，聽著她們的笑聲，永遠的視線飄到遠方。在樂天悠閒的環境中生長的永遠，與洗練這個字眼相去甚遠，屬於樸質一派。在學園中，她就像混在聖誕火雞中的一片北京烤鴨，使她偶爾感到坐立難安。在這個封閉的樂園中，少女們視美為至高無上的價值。光是肥胖這點，就足以令永遠感到一絲惆悵，認為自己的存在似乎沒有太大價值。家人與朋友一定做夢也想不到，總是笑嘻嘻的可愛的永遠，心中竟然懷著這樣的憂鬱。「嗟！」永遠輕輕啐了一聲，視線又落在手上的愛書。然而，那些坐在長椅上，在小徑上漫步的女學生的輕聲，令她們如花似玉的臉蛋綻放笑顏的細語，不去聽也自動鑽進耳裡。

少女們自去年秋天起便熱烈談論一則傳聞。此刻傳進永遠耳裡的，正是這個話題。

傳聞的主角，便是少女們口中那位英勇的「九重葛君」。

「九重葛君」，自然不是這名學生自封的稱號。她——不，在女學生們之間，她已經成為崇拜的對象，在這個只有少女的學園裡，已經被賦予「偽男子」的角色，因此稱「他」或許較為妥當——他，似乎是個低調謙抑的人，從不在女學生面前現身。不過，對那些自己幫助過的少女，他必定會留下一朵九重葛。

這些年少女們開始將手機和音樂播放器帶進學園，互相以電子郵件傳遞優雅的對話，或是以音樂播放器聆聽古典音樂。然而對修女們而言，這是場令人頭痛的硬仗，要與文明——亦即墮落——對抗。修女們比上一世紀更加嚴格執行隨身物品的檢查，以致學生好不容易才入手的最新型號手機等物件經常被沒收。但奇怪的是，打去年秋天起，被沒收的物品竟在不知不覺中回到傷心嘆息的主人身邊，出現在抽屜裡，鞋櫃裡，書包裡。而物歸原主的物品旁邊，必定會附上一朵九重葛。

不久，風聲傳遍整個學園。看來一定是某個勇氣可嘉的學生趁修女不注意，潛入教官室偷出來的。但是，這勇敢的學生是誰？是誰？究竟是誰？傳聞如桃色金魚拖著長長的尾巴揮灑開來，在學園上空化為白日夢的輕紗，飄動不停。由於通信技術發達，使得這個世界愈來愈小，少女開始對於「即使科技進步仍看不見、摸不著」的事物懷有淡淡的憧憬。這位看不見的英雄究竟是誰？為何奮不顧身地幫助我？她們怎麼想也想不通。未知化為神祕，催生流行。首先是美術社，她們共同製作了一幅巨大壁畫，描繪潛入教官室的「九重葛君」想像圖。畫中是一名擁有憂鬱美貌與修長肢體的惆悵美青年。前來美術室參觀的學生大排長龍，甚至有人看得如癡如醉，淚流滿面。接著新聞社也不甘示弱，卯足了勁展開連日報導，詳細列出被沒收的物品與歸來的時刻，並附上物主的感謝聲明。她們更進一步自行推理，列舉出幾名可能的「九重葛君」人選。基於他必須是美青年的默契，這幾名人選清一色都是美貌少女。其中一人——學生會的短髮美少女黑夢蘭子——面對新聞社的麥克風，對此疑雲付之一笑。「無論是出於什麼理由，竊盜都不可原諒。學園秩序不容那些濫情的半調子正義感破壞。學生會必定會逮捕這名犯案累累的不知名學生，讓她退學！」這篇報導一見報，黑夢蘭子的人氣立刻一落千丈。她只要走在走廊上，便當裡的煎蛋、小蕃茄，運氣不好的時候連髒鬏刷都會飛來，使她無法優雅地在教室外行走。不過對於眾人的厭惡，她並不屈服，每天都以東西扔不中的飛快速度，勇敢地穿越走廊。疾走的美少女所經之處，必定散落一地莫名其妙的物品。後來修女找出扔東西的少女，加以嚴厲處罰，這件事才漸漸平息了。

繼學生會的美少女蘭子，下一個受到懷疑的是戲劇社。可望成為下屆王子的曾我棗是正統派美女，當新聞社的麥克風湊到她面前時，這個貴族出身、黑髮及腰、臉蛋宛如日本人偶的女孩既不承認也不否認，只是盈盈微笑。這下一來，更加重了「可能便是此人」的嫌疑，給了少女們一線希望。新聞社努力尋找足以證明她是「九重葛君」的證據，試圖查明這場騷動的真相。其中一個社員故意讓修女沒收自己的東西，然後監視曾我棗。然而，就在曾我棗在體育館和社團夥伴一起做發聲練習的同時，物品和一朵九重葛回到了新聞社社員的鞋櫃。哎呀呀，不對，不是她。第二天報紙刊登了這個消息，學生們都很失望。而曾我棗宛如日本人偶的臉蛋依舊帶著淺淺的笑，她既不承認也不否認，只是微笑著。

那麼，是誰？沒有落入新聞社撒下的羅網，身手俐落地偷出東西，物歸原主的「九重葛君」究竟是誰？自覺顏面掃地的新聞社為了挽回社團尊嚴，找遍整個學園。在此之前，她們一直深信對象是高中部學生，現在則將羅網擴大到國中部。是誰？

是誰？究竟是誰？少女炙熱的情感得不到回應，不久便衍生了怒氣。由於太傾心於這個素未謀面、底細不明的青年，短短的冬天結束後，竟有人開始由愛生恨，在廁所牆上寫下中傷他的塗鴉。但有人反對，也一定有人支持。支持者拚命消除這些塗鴉。後來廣播社也來湊熱鬧，主張新聞社本身最可疑。午間廣播的ＤＪ指出，九重葛君恐怕就躲在新聞社內部，所以新聞社才逮不到人。ＤＪ愈說愈起勁、愈說愈不知所云，但這番話具有不可思議的魔力，少女們立刻感染了她的興奮。啊啊，可是，這也太吊人胃口了！你究竟在哪裡？我們是如此如此渴求你的出現。你不出面，就不要怪我們恨你。你不願現身，就不要怪我們為難你。我們的恨，是你自己招來的……九重葛君……

因為有這一層緣由，在這個春日——剛被人從破大樓趕出來，孤伶伶的，被迫從事「青空俱樂部」戶外活動的高二生，那個總是乖巧、笑容滿面的五月雨永遠，正靠在聖瑪莉安娜銅像腳邊無所事事翻著書時——鑽進永遠耳裡的傳聞，自然與「九重葛君」有關。她聽到了針對這位無形英雄的臆測、憧憬，以及憎恨、憎恨與憎恨。今年和過去不一樣了。去年以前，永遠總是待在社團教室和學姊一同討論文學，過著與世隔絕的學園生活；也和今年初不同，那段短暫的時光裡，她獨自在社團教室沉浸於書海中。一直要到此刻，處在雜音環繞的環境，她才終於明白一個可怕的事實！……明白自己就是眾人口中的「九重葛君」，明白自己受到少女憧憬、追逐與憎恨。雖然傳聞總是不經意便鑽入耳內，但在事態如此嚴重之前，永遠一直沒有察覺到。永遠手上的書掉了，鬆軟多肉、溫和的臉龐抽搐著。

「怎麼會這樣……！」

自震驚的永遠手中掉落草地上的書本，被風翻動了書頁。那是奧希茲女男爵所寫的《紅花俠》古英文原文書。

時值十八世紀後半。法國革命使得全歐捲入動亂的漩渦，遭共和政府逮捕的貴族們連日來化為斷頭臺上的露珠，一一消逝。革命或許是正義，但流的依舊是人血。由一干英國貴族青年組成的「紅花俠」團體，利用神乎其技的化妝術，化為老乞婆，化為軍隊，以出奇制勝又膽大包天的辦法，陸續營救法國貴族，帶回英國。而他們每次救出一個人，便會留下一朵奇特的紅花。但是，這個祕密組織的首領叫什麼名字，是英國人還是法國人，並沒有人知道。貴族千金崇拜他；包括皇太子在內，每一位美青年貴族都被懷疑過。是誰？是誰？究竟是誰？英雄究竟是誰？

「先生，在我們英國，只要提到『紅花俠』這個名字，所有的美人兒便會興奮得臉頰飛紅。但是除了他忠心耿耿的部下，沒有人見過他。誰也不知道他是高是矮、是金髮是黑髮、是俊美是醜陋，但我們知道，他是全世界最勇敢的紳士。」

這就是英國社交界的話題人物紅花俠。永遠十分欣賞這位英雄。有一雙野貓眼睛的永遠一直認為與其成為美女，她寧願當一個勇敢的人。而那位不願現身的英雄紅花俠一再涉險的理由，也打動了永遠的心。

「是運動啊，伯爵夫人，就是運動。您知道的，英國國民都熱愛運動，而眼下最風行的，便是將野兔自獵犬的利齒裡解救出來。」

「據我所知這可是至今最好的運動了——在千鈞一髮之際逃脫……情勢奇險無比！……預備！起……我們溜之大吉！」

與輕浮僅有一線之隔的台詞，在永遠心中震盪不已。因為她與故事中的青年貴族一樣，同樣生活在得天獨厚的環境中，過著令人昏昏欲睡的平和日子。在故事中段，紅花俠首領的真面目呼之欲出，作者是這麼形容的：

「傻裡傻氣、插科打諢的面具塑造得十分成功，演技更是完美無缺。一個是智勇雙全——將英法兩國的王牌密探耍得七葷八素——的神祕男子，另一個是乍看之下腦袋空空的傻蛋，難怪間諜也看他不穿。」

紅花俠首領竟是一名外表傻不楞登的青年。事實上，永遠對這位英雄有一絲崇拜之情。去年，一個同班同學——永遠的好友——心愛的音樂播放器被修女沒收，傷心得哭了。基於同情，永遠設法潛入教官室，悄悄取回被沒收的物件還她。因為一時調皮心起，她還附上一朵受全球暖化影響、在秋天依然盛開的九重葛。在那之後，一方面是因為潛入教官室緊張刺激，再來是同情東西被沒收的同學，她便抱著半惡作劇的心態一再冒險。她一直沒有發現，原來自己一點點的善心、祕密的冒險，這小小的運動，竟然造成軒然大波。

這一天，五月雨永遠被學生會拿著鐵鎚、掃帚趕出社團教室，直到來到外頭，她才發現這陣騷動，驚慌不已。用不著照鏡子，她也知道自己絕非學園裡大多數人期待的英雄。那些愛做夢又殘忍的良家子女，愛美勝於一切。永遠自己也是個少女，她深知自己圓胖的模樣雖然討喜，但做為英雄，可就不稱頭了。自己滑稽的外表不要說「英勇傑出」、「憂鬱惆悵」，甚至連一般的「悲傷」字眼都不配。一想到這，她的心情就沉重起來。永遠忍不住開始想像大失所望的群眾認為她不該多事，憤而將她送上斷頭臺的畫面。永遠確實腦袋靈光，有時也很勇敢，但笨重的身體十分遲鈍，體育成績總是最後一名。像學生會美少女那樣在漫天飛舞的煎蛋之中精采地穿越走廊的本事，她是萬萬學不會的。永遠膝蓋打顫，撿起書的手也發著抖，站起身子卻站不穩，只好靠在聖瑪莉安娜的銅像上。銅像似乎在對她密語，鼓勵她打起精神。她以為是自己神經過敏，勉強振作起來，動作僵硬地向前走。走著走著，只聽見學園各處如惡夢湧現的奶油色制服少女們，每雙嘴唇都毫不厭足地談論有關自己的傳聞。「啊啊，他會是多麼高貴俊帥的人呢！」「要是和他四目相交，我一定會暈倒。」「到現在還不肯現身，實在太可恨了！我最討厭九重葛君了！」甜美的聲音──。痛苦的聲音──。戀愛的聲音──。厭惡的聲音──。永遠原本獨自享受的運動，祕密的探險，曾幾何時，已經被那些尋找永遠的少女據為己有了。眼看著眾人為了找出自己而四處張望，對於不想出風頭、不希望在學園出名的永遠來說，這使她的心有如鉛一般沉重。

永遠垂著頭走向正門，一路上比平常更提防、更低調。因為沮喪消沉，她的野貓眼睛黯淡無光。永遠的腳步愈來愈快，然後變成小跑步，最後甚至如呼萬歲雙手高舉，噴射般全力狂奔。穿過正門時，她激烈地喘著氣回過頭，含著淚仰望高中部淺桃色的校舍。

「明年將改制為男女合校。全新的聖瑪莉安娜學園歡迎您！」

寫著一手美麗黑體字的布條掛在校舍上，在亞熱帶濕暖的春風中搖曳。永遠細小的眼睛瞇得更細，大口喘著氣。歷史悠久的聖瑪莉安娜學園彷彿即將自玫瑰色的百年酣夢中醒來，從第一〇一年的春天起，將與同一體系的男校合併，改為男女合校制。這個消息，就連不問世事的永遠也知道。由於少子化現象與社會價值觀的改變，這幾年不管是男校或女校都只減不增。以往，社會上明顯的男女性別差異，如今也漸漸拉近距離，學校運作方式也隨之改變。至今，反對與男校合併的校友依然很多，但對於學園，永遠沒有什麼堅持。的確，一想到這少女的花園竟然會有野蠻的男生入學的一天，實在教人難以相信，但永遠想像得到，那些愛做夢的少年一定也會以這間學園裡有如桃色金魚的淡淡夢幻為糧食、以不切實際的甜美傳聞為滋養而活吧。再說，她的小小冒險引發的大事，已經占據了永遠所有的心神，她沒有心思去管男女合校的事了。出了校門，永遠仍是高舉雙手，以萬歲姿勢搖晃著贅肉向前衝。

東京上空是帶著一抹紫的亞熱帶暮色，城市裡瀰漫著略帶甜味的潮濕空氣。二〇一九年，資訊的發達使萬事更加便利，但人們的生活並沒有多大改變。只不過因全球暖化，氣候更為悶熱，每當南國的蚊蟲、驚人的巨大蒼蠅、甚至蝙蝠大量孳生，新聞報導便要熱鬧一陣子。

五十年前的同一個季節，充斥東京的年輕氣息、動亂氛圍已然不再，城市裡只有數量不多的老實年輕人、忙碌中年人，以及精神健旺的老人來來往往。這些年來，老人普遍非常健康，堅守工作崗位。他們在街上神氣活現地昂首闊步，年輕人則溫順讓路。

聖瑪莉安娜學園的世界依舊與時代氛圍無關，或許明年劇烈的變化將席捲這座封閉的樂園，但至少今年，少女不管在學園裡、在家裡仍是備受嬌寵，一如戰前的貴族千金，過著優雅恬靜的日子。

少女花園的最後一年——即二〇一九年的聖瑪莉安娜學園——最受矚目的夢幻青年「九重葛君」，自這一天起，彷彿融化在桃色天空中一般，消失得無影無蹤。一心渴求他、崇拜他的女生前撲後繼地故意讓修女沒收物品，銀色、粉紅色、橘色的小機器立刻在教官室堆成小山。少女滿心期待，不時查看抽屜、鞋櫃和書包，但不要說她們的物品了，連一朵花都沒看見。九重葛君到底上哪裡去了呢？

少女們感到納悶不解。有人想起來，有位高三生因雙親的工作因素剛轉學至歐洲，她可能就是九重葛君的傳聞立刻滿天飛。新聞社為了證明這個假設四處查探，廣播社也幹勁十足，狂打國際電話試圖一探究竟。一個月後，在真相不明中，喧鬧逐漸平息。至於九重葛君本人，五月雨永遠，則是縮起她布偶似的身軀，可愛的臉蛋因苦惱而痙攣抽搐，躲在中庭一角埋頭看書。

「五月雨同學，為什麼妳只要聽到九重葛君的名字就嚇得跳起來呢？」

某天放學後，永遠拿著書包正要走出教室，一個同班同學叫住她。正是長得像日本人偶的美貌戲劇社少女，曾我棗。立志當女演員、在學園裡中耀眼奪目的她，與老實不起眼的永遠，其實是自國中部以來的同班同學，是親密的好友。此刻，看到永遠不解地歪著頭，棗打趣地說：

「九重葛君？」

永遠立刻像被踹了一腳般跳了起來。棗嘻嘻一笑，低聲說：「即使像五月雨同學這麼冷靜的人，也會在意他吧。他果真是個英雄。」說完她憂愁地托起腮，花容月貌一反往常，顯得鬱鬱寡歡。

「妳有什麼心事嗎？」

「嗯，就是九重葛君呀。戲劇社正在討論聖瑪莉安娜節要演出的戲碼。本來是準備依照往年慣例，演《羅密歐與茱麗葉》的，但是得更改作戰計畫了。」

「更改作戰計畫？原來妳們有作戰計畫啊？」

「當然呀！畢竟今年是最後一屆的聖瑪莉安娜節。明年，就會有野蠻的男生進來，把我們的樂園汙染成醜陋的土黃色。戲劇社自成立以來，就一直肩負著全校學生的夢想，演出與俊美青年的戀愛，少女的真情，不願屈就命運的私奔……。在學園裡，我們可是責任重大。」

棗陶醉地喃喃細語。永遠有些茫然地聽她訴說。

「可是，五月雨同學，明年戲劇社就會有男生加入了。這麼一來，男生的角色就要由男生來演了。」

「那有什麼不好？男生本來就是男生啊。」

「才不要呢！妳想想看，那些野蠻壞心的男生一定會嘲笑我們喜愛的故事呀！笑我們的王子公主、愛情的悸動。啊啊，我最討厭男生了！」

棗的臉蛋蒙上憂鬱的陰影。

「所以呀，今年是最後一次全員由女生演出了。既然是最後一次，一定要盛大舉行。一定得是個再精采不過的演出，讓我們的夢想在那一天、那一刻在舞臺上完結，然後大家一起倒地而死……喏，妳懂那種心情嗎？五月雨同學？」

「這個嘛，我參加的是悠閒的讀書俱樂部，所以不是很明白……」

「哎，悠閒真好。遺憾的是，主掌夢想的人可是責任重大。而且，今年還邀請校友妹尾議員當貴賓。啊啊，這下非多下點工夫不可。」

妹尾議員在聖瑪莉安娜學園的校友當中，是屈指可數的名人。她在五十年前畢業後，應屆考上東大，曾任財經官員，目前則是保守黨議員，是名傑出女性。無論在學園內外，她的大名無人不知無人不曉。曾我棗拿著筆煩惱不已，她轉向永遠，自言自語般喃喃說道：

「其實，我們正在考慮把九重葛君的故事搬上舞臺。他一定是個英姿爽颯、丰神俊美的青年。可是，一旦要開始進行，卻沒有人能具體描述他是什麼樣的人，大家都好煩惱。因為沒有半個人見過他呀！該如何描繪他呢？真教人頭痛。」

「天曉得他俊不俊美，既然使他成為英雄的是他的作為，他的外貌就不是重點。搞不好，他長得十分平凡也不一定。」

「哎呀，怎麼可能……」

看到永遠一反往常，強而有力地議論著，棗深感不可思議。永遠又繼續說：

「我認為，他重視勇氣勝於肉體的美麗，也一定熱愛寂靜勝於榮光，喜好平淡勝於變化。他的所作所為，對他而言，不過是一點小小的親切，是種運動，是件微不足道的小事，一定是的，所以他才沒有署名。」

說完這些話，永遠便轉身離去。

被留下來的曾我棗莫名地被永遠的表情吸引，忍不住站起身目送她離去，然後，她小聲嘀咕：「……不會吧？」搖了搖頭。第二天放學，棗又問永遠：「妳覺得九重葛君是什麼樣的人？」永遠不感興趣地嘆了一口氣，但既然被問到，也只好回答。棗邊聽邊做筆記，然後回戲劇社找學姊、劇作家討論。神奇的是，每當她和個性老實、體形有如布偶的同學五月雨永遠說過話後，原本難以捉摸的九重葛君的形象便愈來愈鮮明。戲劇社社員也開始覺得，彷彿認識這個人，能夠了解他的精神。曾我棗十分困惑。有一次，當永遠回答了問題，準備離去時，棗抓住了她的手腕，低聲問道：

「難道是妳？」

永遠臉色大變，如脫兔般轉身逃逸。棗追著她跑過走廊，抓住她奶油色制服的衣領。「告訴我，不然我們的舞臺劇就要功虧一潰了。如果妳就是九重葛君……不，不是也沒關係，請告訴我，他究竟是怎麼潛進教官室的？怎麼樣才能輕鬆取回被沒收的物品？拜託，沒有得到答案，戲就編不成了……」永遠回過頭來，凝視著苦惱的棗。棗注意到她的雙眼裡有著畏縮和猶豫。「妳一定很擔心吧！我絕不會告訴任何人妳就是九重葛君。因為一說出去，魔法就解除了。妳是個好女孩，大家也都喜歡妳，可是遺憾的是，妳不適合當備受景仰的英雄。看看我，這才是英雄應該有的樣子。我才是九重葛君，他是只有我能扮演的角色。」永遠凝視著充滿自信、熠熠生輝的棗，死心地微微一笑，小聲說出真相——潛入教官室的祕密方法。棗驚訝地倒抽一口氣：「原來這麼簡單……」「嗯。……不過，告訴妳以後，這招就再也行不通了。」喃喃說完，永遠便搖晃著肥肉，咚咚跑走了。

不僅是戲劇社，許多社團都以話題人物九重葛君為發想，進行各種策畫。尋找九重葛君的瘋狂熱潮已經告一段落，如今九重葛君對學園裡的少女而言，就像是一個象徵，已經脫離實體，演變為傳說。運動類社團裡，網球社率先穿上南國花朵圖案的網球裝，追逐紅色的網球；後來足球社、壘球社、籃球社也感染了這份流行，紛紛將球塗成紅色，或踢或扔或投。藝文類社團也不讓她們專美於前，詩歌研究社以九重葛君為題吟詩作對，每到午休便在走廊上朗讀新作。少女圍坐成一圈，聽詩聽得如癡如醉。沒有半個人發現，這整件事其實是源自於歐洲的經典小說《紅花俠》。九重葛君就和《紅花俠》一樣，化為故事中的人物，引發不可思議的盛況。也許是「今年是最後一年」這份消極的亢奮推波助瀾，大家都渴望令人振奮的事物，於是便以瀑布般的驚人勢道，大舉消費夢幻的青年九重葛君。即將於六月舉行的聖瑪莉安娜節，不知不覺已染上他的色彩。戲劇社的公演戲碼是九重葛君，聲樂社也要演唱歌頌他的讚美詩。如此這般，在六月的最後一個周末，受邀來參加聖瑪莉安娜節的貴賓妹尾議員，一穿過正門便受到「九重葛君狂潮」的洗禮。議員一身剪裁得宜的套裝，半白的短髮以髮油固定，油亮的額頭閃著光，以儼然中年男子的姿態踏進學園。看到眼前的光景，她打從心底感到詫異，便問修女：

「修女，這究竟是在鬧些什麼？」

「今年很流行九重葛這種花呢。您看，花壇上也是。可能是受到全球暖化的影響，花開得格外茂盛。」

修女也不清楚學生間發生了什麼事，說明得茫無頭緒。妹尾薊議員表情更顯訝異，她在貴賓室接見學生會成員時，又一次發問：「喂，妳們幾個，那是怎麼回事？」

學生會成員眉頭深鎖。無奈之下，只好由黑夢蘭子代表，萬分不得已地做了說明，解釋自去年秋天忽然出現，到了隔年春天又驟然消失的神祕怪盜一事。對學生會這群「學園裡的政治家」而言，妹尾議員是她們崇拜的校友，得在她面前提起九重葛君的事，實在是一大屈辱。然而，聽著她們的解釋，原本一臉不悅的妹尾薊議員臉上竟開始浮現笑容，像是聽到了有趣的事。學生會的人一走，她便招手叫修女，小聲問道：

「請教一下，讀書俱樂部現在怎麼樣了？」

「您是說讀書俱樂部嗎？您怎麼會問起那個不起眼的社團呢？」

「很久以前，我正是那不起眼的社團的一員呢。」

妹尾議員又笑了。在遙遠的過去，她曾在學園的邊境稱王。那一天，她聽到少女們野獸般地齊聲大喊「去死」。後來她收起眼淚，低著頭畢業，走進東大那扇火紅的門；長大成人後，成為財經官員，談過唯一一場真正的戀愛，只可惜年輕時便與摯愛的丈夫死別，恢復妹尾舊姓，步入政壇。……時光的走馬燈匆匆轉動，妹尾議員彷彿遭逢強烈的魔風吹襲，一時瞇起了眼睛。

「她們過得還好嗎？幹了什麼荒唐有趣的妙事嗎？」

「沒、沒有。最近人數減少了，如果我沒記錯的話，今年應該只有一個社員。她是個很老實的孩子，要我叫她來嗎？議員？」

「嗯，麻煩妳了。」

即使是聖瑪莉安娜節，五月雨永遠仍是獨自一人待在中庭，以一副「只要有書我什麼都不在乎」的姿態看著書。結果一個醜小妖般的修女飛身而至，抓住了她。正好在同一時刻，體育館裡正在進行戲劇社的公演《英勇的九重葛君！》，狂熱的觀眾擠得場內水洩不通。擔任主角的曾我棗高亢的尖聲，也傳到永遠的耳裡。

「對我而言，這是運動。自獵犬的獠牙中搶走野兔是多麼愉快！這才叫緊張刺激啊！」青年九重葛君竟說出這般輕浮的言語，令觀眾發出一陣低沉的鼓譟。接下來這一幕，則是戲劇社的致勝點。「……而愛情，也一樣緊張刺激。與妳相遇，同樣挑逗了我的心。」九重葛君在少女面前跪下。一瞬靜默之後，如雷的掌聲與嬌嫩的歡呼撼動了整座體育館。曾我棗飾演的青年九重葛君，成功抓住了大眾的心。歡呼聲當然也傳進永遠耳裡，但她對這類出風頭湊熱鬧的事不感興趣。此刻的她害怕不已，不知道會被帶到哪裡去。就這樣，像個布偶的永遠被修女硬拖著，扔進了貴賓室。妹尾薊議員抱著雙臂站在窗邊，她轉過頭，居高臨下地看了那個像顆球滾進來的學妹一眼，哇哈哈地大笑。劈頭就說：

「九重葛君一定是妳，是不是？」

她不容分說的語氣，讓永遠嚇得跳起來。

「再怎麼想，這都是現代版的《紅花俠》。會做出這種異想天開的事，除了讀書俱樂部，沒有別人了。而且社員今年只有妳一個，妳還是單獨犯。我還沒見到妳就知道了。被我說中了吧？」

「……您說的一點也沒錯，是我。」

永遠死心認罪了。對方年長她五十歲，還是擔任保守黨議員的女中豪傑。永遠無法像面對戲劇社少女那樣裝蒜。凡是被問到的問題，她無不老實回答，諸如為尋求小小刺激的行為意外釀成騷動，自己和英雄形象相差十萬八千里，是個老實愛偷懶的人等等。然後話題轉移到讀書俱樂部上頭，她提起社團教室連同整座建築都遭到封鎖，明年起因男女合校，自己恐將成為這個純粹由少女組成的異形讀書集團的末代社員。聽到社團教室遭到封鎖，妹尾薊議員的表情微微蒙上陰影，落寞地問：

「那麼，那些社團紀錄簿也被留在封鎖的建築物裡嗎？等建築拆毀，也要跟著消失了？唉，這就是百年後一切如夢嗎？」永遠歪著頭，注視著年過六十許久、看似難以親近的保守黨議員那張爬滿皺紋與黑斑的臉。永遠太年輕、太內向，她以為自己絕對無法理解大人的心，也不想去理解。身為社會的弱者，她出於本能，對眼前難以親近的掌權者議員有所警戒，但這一瞬間，她跨越了時光這道洪流的隔閡，感覺到她們其實是同伴。這時候，修女前來請議員上臺致詞。妹尾薊議員慢吞吞地站起來，又恢復難以親近、眉頭深鎖的表情，低聲說：「那就這樣了。保重啊，最後的讀書俱樂部社員。」離開了貴賓室。被留下來的永遠歪著頭，思索片刻，然後一轉身，撒開腿在走廊上跑起來。

體育館內，《英勇的九重葛君！》正要迎接高潮。「你究竟是怎麼取回我的寶物的？」九重葛君對如此詢問的女人，吐露了他的祕密——就連曾我棗本人也出乎意料的潛入教官室的辦法——但女人出賣了他，將祕密洩露給敵軍，於是可憐的九重葛君被捕了。他沒有責怪女人，只是喃喃地說：「這場運動是我輸了，我不恨妳。」全場觀眾看得熱淚盈眶。而劇中另一個女主角，一直在暗中關懷九重葛君的癡情少女，最後以同樣的方法勇敢地潛入牢裡，救出了九重葛君。九重葛君與陷害自己的毒婦恩斷義絕，在癡情少女身上找到了真愛！鼓樂齊鳴，舞臺在高潮中落幕。一直在舞臺側翼咬牙切齒看著戲的學生會少女黑夢蘭子，在布幕落下的同時往地上一蹬，如黑豹般敏捷躍起。只見她輕巧地降落在舞臺中央，大聲喊道：「負責人是誰！」飾演九重葛君的曾我棗回頭，挺胸舉手回答：「就是我。」「果然是妳搞的鬼！妳怎麼會知道九重葛君的祕密？要是不知道，不可能寫得出這樣的劇本。這齣戲太過真實了，可見怪盜就在戲劇社裡！莫非，莫非，妳真的就是九重葛君？」

「不，我不是。我只是一個演技出色的女演員。我的確知道怪盜是誰，但我絕不會告訴任何人。」這場公演成功落幕，而這恐怕也是最後一次由少女飾演青年的機會。為了維護《英勇的九重葛君！》這部作品的神祕感，棗挺胸做出這番宣言。既然歷史即將迎向終點，既然桃色夢幻樂園即將消失在時光的隙縫中，那麼棗希望能夠在最後的節日，成為傳說的青年。另一方面，熱愛秩序勝過一切的黑夢蘭子，認為使學園的營運正確執行到最後一刻，才是自己名譽之所繫。黑夢蘭子與曾我棗，兩名為信念燃燒的少女，兩張美麗的臉蛋，火星四迸地瞪視對方。這時，謝幕的時間到了，布幕緩緩拉開，兩名少女出現在觀眾面前。觀眾倒抽一口氣，抬頭看著舞臺聚光燈下互相瞪視的少女。

同一時間，正牌的九重葛君本人——揭開謎底後，那布偶般的外貌肯定令人掃興的五月雨永遠——正咚咚有聲地跑過體育館。沒有信念這個沉重負擔，身材豐滿的永遠腳步如鳥兒般輕快。

永遠筆直跑向那幢令人懷念、遭封鎖的紅磚建築。

大樓今天依然被黃色膠帶圍繞，學生會的幾個高一生站在那裡看守。永遠迅速套上厚厚的黑衣，變身為修女，走上前去。「各位辛苦了。我要到裡面檢查。」她沉著地這麼說，穿過膠帶，輕而易舉地進入建築中。這就是五月雨永遠告訴曾我棗的那個九重葛君的祕密。永遠一直是以這個再簡單不過的辦法，從教官室取回少女被沒收的物品。布偶體形的她穿起奶油色制服會引人側目，但一換上修女的服裝，馬上化身為豐腴的成年修女，沒有絲毫惹眼之處。變裝後的永遠輕易進入學生無法越雷池一步的禁區。不過，這個辦法在戲劇社上演《英勇的九重葛君！》之後便立即失效，但此刻在紅磚建築前看守的學生會高一生應該還不知道。因此，永遠堂而皇之地突破看守，進入半崩塌的建築，大步爬上樓梯。樓梯搖搖晃晃，永遠每走一步，便有磁磚碎片自上方掉落。建築物有如演出完畢的舞臺道具，毀損得非常嚴重了。宛如歷經了百年歲月，比學園本身早一步自桃色夢中醒來，彷彿只要吹起一陣風，整座學園、歷史，少女的眼淚、喜悅、殘酷，一切的一切，都會化為乾澀的塵土，隨風而逝。

樓梯左右搖晃，隨時都會倒塌，但永遠毫不畏懼地往上爬。損壞的地球儀、陽臺布景、堆積如山的老舊戲服，這些奇妙的廢物宛如失控的浪漫惡夢，從天而降。

陽臺布景擦過永遠掉落在樓梯下方，轟然四散。好幾件舊戲服糾纏在一起，彷彿有惡靈穿著它們撲向永遠，絆住她的手腳。地球儀一圈圈轉動著，直線掉落。永遠有如單獨進軍的士兵，毫不畏懼地前進。一到三樓，她直直走過中午時分仍一片昏暗的走廊。社團教室暗紅色的鋁門，在黑暗中猶如反光的內臟顯得濕亮。寫著社名的木製門牌歪了，分明沒有風，卻不祥地搖晃著。永遠吞下一口唾沫。這時候，遠遠地從體育館傳來妹尾薊議員的演講。

「在這最後的一年，能獲邀擔任貴賓，我十分榮幸。」

聲音透過麥克風強而有力地響起。

「五十年前，比妳們出生還要早上許久，我從這個學園畢業。當時學運盛行，正值神田拉丁區鬥爭的火拚季節，年輕的妳們想必不知道我在說什麼吧。沒關係，因為時間是不會停留的。若妳們正揮舞著屬於自己的歷史小旗，那好極了，因為那只屬於活在當下的妳們。」

永遠不經意地聽著，伸手開門。

薊議員的聲音遠遠聽來，蒼老沙啞，但充滿自信。

「我一畢業，便離開了聖瑪莉安娜學園，這個只屬於多愁善感的少女的樂園。後來成為社會的一員，因為太過忙碌，也因為找到了心愛的伴侶，與在學園裡認識的朋友各奔東西。我們雖同樣身為女人，卻因為各自的選擇，漸漸走上不同的人生道路。我們對生活有了不同的信念，有時候會因此與昔日好友背道而馳。就這樣，時間過去了。我們有些人走過了平凡幸福的人生，有些人選擇了大起大落的人生。有些人子孫滿堂，也有些人像我一樣，膝下猶虛。我們長大成人，進入社會，各自受到污染、墮落，容貌也發生了改變。我們無法保有一顆純真的心，有些東西一旦失去，就永遠不會回來了。現在在座的年輕的各位，總有一天，妳們也會得到人生中無可取代的東西，但另一方面，外界也會毫不留情地奪走一些不能失去的東西。但是——」

永遠打開門。讀書俱樂部的社團教室還是老樣子，塵埃密布，充塞著書籍的黴味。永遠顫抖的手伸向電燈開關，橘光暈黃地照亮室內。

「但是，不必害怕，因為我們具有無窮的可能性。無論世界如何改變，無論毀滅之風多麼強勁，存在我們女性心中那有意志的自由，是絕對不會改變的。」

永遠迅速找出藏在教室各處的讀書俱樂部社團紀錄簿，揣在懷裡。這些紀錄簿都以不起眼的封面掩飾，藏在其他書之間，以免被學生會發現。這些黑暗的社團紀錄簿，是歷代社員抱著半好玩的心態，將沒有機會留在聖瑪莉安娜學園正史中的珍奇事件記錄下來。百年後的今天，隨著事件的增加，累積了不少冊數。永遠靈巧地將沉重的社團紀錄簿藏在黑衣內，然後，環視即將永別的這間昏暗冷清的教室——多年來供異形少女暫時休憩的場所。她彷彿能看見各個時代、各種類型的異形少女，坐在桌上、椅上，喝著茶，默默地翻閱書籍，偶爾激動議論的幻影。耳語聲，翻書的沙沙聲，紅茶杯盤的碰撞聲，清脆的笑聲，沉悶的嘆息聲。同樣身穿奶油色制服，卻與這個世界有些格格不入的少女們。有的美，有的醜，有的因悲傷而頹喪，有的因幸福而雀躍。以及長久以來，在她們上空飄浮的、來自遙遠的過去、有著一雙紫色眼眸的他——。異形者的百年黑暗歷史，跨越了不同的時代，即將落幕。

薊議員的聲音仍持續著。

「當妳們失去了希望，就互相幫助、互相扶持吧！讓我們相信未來！讓我們無所畏懼地活下去！」

永遠想到即將要與社團教室告別，心中感到一絲悲傷。她掉了一滴眼淚，但要自己不要留戀過去。她猛然轉身，離開那間令人懷念的社團教室。跑吧！不要回頭，不要難過！然後，將這些社團紀錄簿，送到往昔的同伴身邊……

此時，薊議員的演講結束了。

「年輕人，謝謝妳們聽到最後。祝妳們擁有美好的人生。」

永遠像風一般跑下樓梯。

妹尾薊議員的演說一結束，在體育館的學生便被外頭傳來的巨聲給嚇了一跳。爆炸般的轟聲，以及可怕的地鳴，令人以為世界末日就要來臨了。眾人吃驚地跑出體育館，只見在樹影搖曳的雜木林之後，本應存在的建築物消失了，激起了濃密的粉塵，直達天際。聖瑪莉安娜的銅像似乎也受到驚嚇，看似略微後仰。這時，只見繫著學生會臂章的高一生以雙手高舉的萬歲姿勢跑來，大喊著紅磚大樓剛才倒塌了。原來是這麼回事。眾人趕過去一看，一直矗立在那裡、入春以來便遭到封鎖的的古老紅磚大樓，彷彿遭到無形的炸彈攻擊，化為碎片，一樓部分的鐵筋裸露出來，左右擺動；瓦礫堆裡可見舊戲服、壞掉的地球儀、大大小小的舞臺布景。光怪陸離的景像，宛如爆炸的狂風吹來了某個人的浪漫惡夢。學生會高一生七嘴八舌嚷嚷著，說有個修女才進入建築，可能被壓死了。修女們連忙集合起來，以顫抖的聲音點名報數。「一」、「二」、「三」、「四」、「五」、「六」、「七」、「八」、「九」、「十」、「十一」、「十二」……。報數繼續下去，神奇的是，所有修女都在，沒有人進入紅磚建築。學生們面面相覷，回想起剛才在戲劇社的公演上看到的九重葛君的祕密。「他出現了。」「是九重葛君！」「可是，他為什麼要進入這棟大樓呢？」「他死了？」少女彼此對望，像一群小鳥吱吱喳喳地私語。

薊吃驚地望著倒塌的建築，然後猛然背對瓦礫堆和陣陣騷動，快步走開。她的背影微微顫抖，顯得若有所失，又好像在生氣。獨自回到貴賓室的薊議員，發現自己放在沙發上的公事包，不知為何，竟變得渾圓鼓脹，猶如先前接見的那位最後的讀書俱樂部社員的體形。薊議員十分訝異，頂著油亮亮的額頭，伸手拿起公事包，一打開，裡面掉出一朵九重葛。薊議員驚呼一聲，上身後仰，手連忙探進公事包，發現裡頭竟塞滿了過去那些令人懷念的社團紀錄簿。薊議員不禁捧腹大笑。驀地抬頭，只見一個豐腴的修女直挺挺地站在窗外，那雙野貓般的眼睛注視著貴賓室。一和薊四目相交，便害羞地低下頭，背對校舍咚咚跑走了。

「《紅花俠》啊……」薊瞇起細細的眼睛笑了。

然後像唱歌一般和著旋律，調皮地吟道：

「千鈞一髮之際逃脫……情勢奇險無比！……預備！起……我們溜之大吉！」

然後再度換上一本正經的表情，關上公事包，不理會外面的騷動，離開貴賓室走向司機在等候的正門。她聽到體育館方向傳來王子選拔賽的結果。經過公平公開的投票，今年，也就是最後一任的王子，由風雲人物九重葛君當選。少女的喝采歡聲雷動。

「九重葛君——！」

「九重葛君——！」

「九重葛君——！」

薊議員抵達正門後，發現校門前聚集了一群少年。他們身上穿著明年起即將與聖瑪莉安娜學園合併的男校的制服。他們主張明年自己就要到這裡上課，今年的節慶理當也有資格參加。佩戴學生會臂章的少女凜然反駁：「在這個學期結束之前，本校徹底執行男賓止步！」其中一名少年腋下夾著一本黑色舊書。一瞥見那本書，薊議員便一陣暈眩，彷彿來自過去的漆黑強風吹來，讓她停下腳步。（百年之後，會有外來者到來。）（是妳帶來的。）一個令人發毛的陌生聲音，如惡魔的耳語在耳畔甦醒。是遙遠的過去，她在社團教室裡為了解悶，翻閱以往的社團紀錄簿時看到的那個吉普賽預言。薊議員逃也似地轉身向前跑。

學生會以毫不退讓的氣勢阻止一干少年，其中一人，就是那名短髮的美少女黑夢蘭子。她突然察覺到不對勁的氣息，回過頭，以銳利的目光注視著薊議員的公事包。她動物的直覺有所感應，使她自然而然蹲低了身子，以便隨時可以飛撲過去。但她有些遲疑，便停止了行動。畢竟對方不是別人，正是學生會敬稱為「Big Mother」的保守黨議員。黑夢蘭子一臉困惑，但又無法採取任何舉動，只能眼睜睜看著議員離去。男校的學生與學生會的爭論似乎一時不會結束。薊議員抱著裝有讀書俱樂部社團紀錄簿的公事包，坐進了黑頭車。車外，少女清亮的尖聲不斷響起，堅決抗拒少年的入侵。薊議員關上車門，將公事包擱在旁邊，以苦澀的聲音低吟：「簡直就像女人的人生。先是在男性止步的學校裡度過漫長的沉睡時期，那時覺得時間好漫長，彷彿像過了一百年。然後，在有男人的社會度過人生，想想，清醒之後的時間其實要長得多。」過往記憶如浪濤陣陣襲來，使她一瞬間全身迸出火花。坐在前座的祕書回頭問：「怎麼了？」「……沒事，走吧。時光一去不回頭，我大概再也不會回到這裡了。」夏天的腳步還很遠，但大道上已經飛滿了色彩鮮豔的蝴蝶與蛾，以及原本應該開在南國風景中的原色花朵。年輕人擦著汗，悠閒地走在悶熱的人行道上。熱辣辣的陽光將年輕的肌膚照得如水面般閃閃發光。

「男人其實也一樣啊。我的國中、高中也是就讀同一間男校。雖然有一點無趣，但現在想起來，那段時光當真不壞。」

祕書低聲這麼說，命司機開車。薊議員一臉驚訝地打量著這個古板的四十來歲祕書，然後嘻嘻地笑了。她凝目眺望車窗外的景色，配上旋律，以寂寥又甜美的聲音喃喃吟道：

「我們這兒尋尋那兒覓，

法國佬也翻天又覆地。

在天堂？還是在地獄？

紅花俠影無蹤亦無跡。」

黑頭車開動，祕書開始報上今天的行程。車窗外首都高速公路有如空中樓閣無限延伸，如風般將薊議員一路送往永田町。野火般一發不可收拾的貧富差距，看似已改善實則日益嚴重的少子化現象，故態依舊的惡性犯罪，因全球暖化爆發的新傳染病……這些社會問題像一場場非打不可的硬仗，如「煙山（Smoky Mountains）」般分量十足地擋在忙碌的薊議員面前，不斷釋放烏黑臭氣。但薊議員看了公事包一眼，吩咐：「喂，回議員會館前，我想先繞到一個地方。到中野去。」司機點點頭，黑頭車低聲咆哮，改變了行進方向。

黑頭車的目的地是中央線的中野車站。這個空氣中充滿灰塵的老街，有種奇特的氛圍，與剛才的山手地區截然不同。

這個灰濛濛的地區彷彿被時代遺忘，老人身影特別多。他們圍著粉紅色、紫色等各色圍巾，穿著時髦的鞋，在昏暗的拱廊式商店街來來去去。

來到拱廊的盡頭，黑頭車停在一棟名叫「中野百老匯」的大樓前。這幢大樓是日本第一座大型複合式大樓，興建於距今五十多年前。當初這幢十層樓建築從地下一樓到地面四樓是商店，五樓以上則是高級公寓，落成之初以許多明星藝人入住聞名。從高級食材以至於進口家具，各式各樣的店鋪都有，只要進了這幢大樓，不必踏出一步便能享受都會生活。但是，隨著時代變遷，這樣的設施不再稀奇，「中野百老匯」也淪落為老舊的文化要塞，光鮮亮麗的明星立刻搬離公寓，店鋪一一拉上鐵門，那之後以年輕人為消費族群的雜貨行、玩具店和漫畫專賣店，看上大跌的店租，紛紛在此開業。狹小的空間裡擠滿各種莫名其妙的商品，商品架甚至漫溢到通道上，與日俱增。時至今日，與這幢破舊的建築物共存的，只有長著羊的眼睛、興趣獨特的文靜年輕人，以及貌似妖貓、不願離開大樓、隨著時光老去的老人。大樓裡擠滿了二十歲的年輕人和七十歲的老人，完全不見勞動生產力最旺盛的青壯年世代的身影。店鋪也是年輕人取向的詭異雜貨店和舊書店居多，其中零星散落著一些老店，像是音樂盒鋪子和高級鐘錶行。空氣混濁，宛如魔窟。這幢大樓一點一滴地傾斜、老化，載著羔羊與妖貓等奇異的乘客，在時代這片汪洋中，緩緩朝遲早會來臨的毀滅時刻航行。

薊下了黑頭車，從一樓搭乘電梯，與來找玩具、漫畫的年輕人一起上樓。到了三樓，她與年輕人分道而行，來到一家位於角落的老舊店家。

店內飄出以塞風壺現煮的咖啡香味。薊不由得額上生光，醜陋的鼻子抽動著。

這家店是極其老派的咖啡專賣店，以像是地獄入口的暗紅色鋁門與外界隔絕。彷彿施了神奇的魔法，讓來往的年輕人看不見，沒有一個年輕人注意過這家店。門上木製招牌斜掛，以可愛的圓體字寫著：

習性與實踐

這莫名其妙的「習性與實踐」便是店名，至於老闆娘，她沒有名字，只知道她是個奇特的女人，以前是少女，現在是名老婦。薊感慨良多地望著店門。店內，老闆娘將看到一半的書擱在塞風壺與糖罐凌亂擺置的木頭吧臺上，推了推設計雅緻的老花眼鏡，狐疑地瞪著門。

「……誰！」

聽到尖銳沙啞的老婦聲音，薊不禁露出笑容。她伸手在這家會員制咖啡店的指紋辨識裝置上，按下她斑斑點點的大姆指。下一秒，門那頭沙啞的聲音彷彿得到了滋潤，略微柔和地響起：「原來是薊學姊啊，快進來呀！……紅子！薊學姊來了！」

門朝右自動打開。

「習性與實踐」店內陳設十分陳舊，唯有這扇門是最新型的。這是年長者經營的店鋪常見的保全裝置。在這個老人持續增加的時代，保全產業業績長紅。薊一踏進店內，身後的門便無聲地關上，鏗鏘一聲上了鎖。

店內光線昏暗，瀰漫了濃濃的咖啡香。一縷香菸的輕煙自深處的座位升起。店內有三張桌子，每張都是裝飾藝術風格的高級骨董桌，擺在這家店內顯得太過奢華。每張桌子各配有三張綠色獸足椅。牆上掛著詭異的畫，隨興擺飾著黑沉沉的人造花和眼神陰沉、面孔半焦的骨董洋娃娃。前方的木製吧臺上，塞風壺、糖罐和不知誰帶來的茶點隨意擺放，凌亂的情狀令人對這家飲食店的衛生感到憂心。但凌亂還不是最引人注目的，這家店最令人印象深刻的地方有二，其一，店內密密麻麻堆著舊書，數量之多，就算所有的牆都改建成書架仍容納不下，店內被發出黴味的大量書籍淹沒，令人不禁懷疑這家店究竟是咖啡店還是舊書店。而更令人無法忽視的是，店內處處可見貌似妖貓、老態龍鍾的老婦，她們或是席地而坐，或是靠在櫃臺一角，或是坐在椅子上拱肩縮背，各自以不同的姿勢看書。

一名老婦膝上放著喜愛的馬口鐵人偶，或許是正好讀到悲傷的段落，淚水暈開了勾勒眼眶的眼線。一名身穿和服的年長貴婦則是坐姿端正，抽著水菸，優雅地翻閱書籍。還有一個裹著棉袍、看似小說家風情的老婦，正在稿紙上振筆疾書。學者風味濃厚的眼鏡三人組，在角落的座位湊在一起小聲討論。

吧臺內老闆娘瞇起眼睛，看著緩緩步入店內的薊。這女人也是年近七十的老婦，銀色的髮髮高高梳起，身穿貴族風的蕾絲襯衫，佩戴貝殼浮雕胸針，有光澤的粉頰顯得十分年輕。她突然朝薊發射橡皮擦子彈。

「喔！」

薊敏捷地閃開，老闆娘發出破鐘般的笑聲。她朝店內陰暗的深處喚道：

「紅子！薊學姊來了！妳不是想見她嗎？還念著學姊最近不知道怎麼樣了。」

「……薊學姊真的來了？」

一個又高又尖的聲音嘶啞地說。一個會令人聯想到山姥姥的老婦自暗處緩緩站起。夾雜不少白髮的頭髮自然留長，向左右散開，臉上皺紋密布，臉色黑紅，穿著豹紋T恤和金屬光澤的裙子。她雖胖得像根巨木，但渾身散發出一種幽默而討人喜愛的氣質。年紀一樣也是將近七十。她瞪大日漸白濁的眼睛，張大沒有牙齒的嘴，露出駭人的笑容。

「喔喔，真的是薊學姊啊！雖然經常在報紙上看到，不過真的好久不見了。學姊真是一點都沒變。」

「紅子？妳也還是一樣，精神這麼好。」

薊笑著走近這個酷似山姥姥的女子。這名老婦正是過去的偽王子、傳說中的黑旋風烏丸紅子。最早成家的紅子，現在已是兒孫成群，在老街的大雜院過著吵吵嚷嚷、熱熱鬧鬧的日子。薊心目中永遠的俊美青年士官，在五十年後的今日已失去她的美貌。即使如此，薊彷彿看到幻影，依然在爬滿皺紋的紅子臉上看出過去華麗的容顏，記起對美麗的事物那不變的敬畏。薊淡淡一笑，在紅子對面坐下，對老闆娘伸出兩根手指，說：「兩杯咖啡。」

「沒問題。」

這家神祕的咖啡店「習性與實踐」，是往日聖瑪莉安娜學園裡的異形少女，即讀書俱樂部的社友所經營的。多虧中野百老匯低廉的租金，以及一名資產家千金的社友資助，十年前在此開業。異形少女畢業後一如薊在演講中提及的，她們或者因升學就業，或者因得到伴侶而各奔東西，但在走過女人忙碌一生的折返點，到了衝刺腳步減緩的壯年時期，她們又再度聚首。有些人是在車站的月臺上重逢，有些人是在路上，有些人在書店裡，還有些人是在咖啡店。雖然每個人都走上截然不同的人生道路，但閱讀這個共通嗜好卻依然如故。一開店，耳聞風聲的社友便聚集而來，像過去在社團教室中一樣，她們在此盤桓，時而看書，時而熱烈討論。

「薊學姊，今天是最後一年的聖瑪莉安娜節吧！怎麼樣？有什麼不一樣嗎？」

聽紅子這麼問，薊聳聳肩。或許是因為歷經滄桑，或許是因為幾經憂患，紅子對世事早已見怪不怪，但聽到薊接下來說出的話，她還是像被踢了一腳的妖貓驚跳起來。

「對了，社團教室所在的那棟大樓，剛才塌了。」

「……咦！怎麼會？」

「不知道。太老舊了吧。不過，妳看。」

薊從公事包裡取出讀書俱樂部的社團紀錄簿。四散在昏暗店內的老婦這下也都放下書本，中斷討論，在打盹的也清醒了，像怪物攀爬般緩緩靠近，驚歎連連。

「這是最後一個讀書俱樂部社員，在最後一刻救出來的。那孩子長大後，也許也會找到這家店吧。她挺有意思的，把東西放進我的公事包就跑了。體形圓圓的，是個相當老實的孩子。」

「哦。」

一手端著咖啡過來的老闆娘，找到自己所寫的那篇紀錄後，神情立刻變了。混和著咖啡香與懷念之情，一時間，店內被充滿往昔氣味的溫柔寂靜所包圍。在店內一隅把弄馬口鐵人偶的愛哭老婦開口了：

「多說點那孩子的事吧，好像很有趣。」

「好啊。我聽她說，她最愛的書好像是《紅花俠》。對對對，那孩子還引發一場瘋狂騷動呢。單槍匹馬的，就幹出了極具讀書俱樂部風格的大事，好久沒聽說這樣的事了。繼承了我們以及聖瑪莉安娜，不……繼承了米歇爾精神的子孫，正該如此啊。」

薊開始敘述這個故事，湊在一起的老婦或點頭或嗯嗯有聲地附和，聚精會神地傾聽著。薊花了不少時間才說完十七歲的五月雨永遠引發的這場風波，她戳了戳那個將馬口鐵人偶放在膝上，衣著寒酸的老婦人——在昏暗中聽到這些故事，念及五月雨永遠的孤獨，又流下黑色眼淚的我——輕聲說：「妳就把這些整理整理吧。」

我大吃一驚，像隻被踢了一腳的妖貓驚跳起來。

「我？」

「是啊。」

我就像剛才話題中的主角五月雨永遠一樣，最討厭出風頭，甘願終生屈居為平凡的旁觀者，是個沒有存在感的女子。情急之下，我戳了一下旁邊握著鋼筆的小說家，她叼著菸搖頭，無情地說：「我沒辦法，我還有稿子要趕呢。」薊緊迫盯人地說：「本來就是妳說要聽，我才說的，而且妳不是聽得挺開心的嗎？這是一段不會留在聖瑪莉安娜學園正史中的野史，在第一百年，經由一個愛哭的老太婆抖著手寫下的最後一篇紀錄。」「嘖，好啦。薊學姊。」就在方才，薊頂著她的油頭，提著公事包匆匆離去。我則轉向骨董桌，戴起老花眼鏡，摩娑著疼痛的關節，著手撰寫最後的這篇社團紀錄。等寫完之後，再把它和其他紀錄簿一起藏在「習性與實踐」店內的書架某處。然後我就能再點一杯咖啡，回頭去看我的書。

位於老舊的複合式大樓「中野百老匯」的第二間社團教室「習性與實踐」，能夠在世上存留到幾時，沒有人知道。歷經時空，這裡或許也將化為塵土，在風的吹送下四散紛飛吧。我們也老了，不知道能活到幾時，也不知道長大成人的五月雨永遠會不會找到這家店，發現以她為主角的最後一篇社團紀錄。活到這把年紀，這個惱人的世界依然充滿了未知數。也許我們不過是一群早已死去的亡靈，在這幢被時光遺忘的大樓中，度過魔幻的時光也不定。也許當我鞭策我的老花眼和神經痛的瘦弱手臂，嘔心瀝血寫完這最後的黑暗紀錄的那一刻，整座大樓將解體，社團紀錄簿遭黑色火焰焚燒，除了飄浮在上空的紅色金魚，不留一點痕跡。一想到此，我就像個少女發起抖來，害怕寫完擱筆的那一刻來臨。然而試想，就像米歇爾消失之後我們出現了一樣，無論什麼時代，都有我們這種人。年輕人會繼續迂迴曲折地繞道而行，悲壯地活下去。是的，我們確實已經垂垂老矣，但明天還有別人的——也是你的——光明燦爛的未來。哦，難道這還不夠嗎？這不就代表我們曾經活過嗎？此刻已是黃昏，是喪失之前的片刻覺醒。或許我們不久便會消失，把未來託付給年輕人，化為塵土，隨風而逝，但這又有什麼好不滿的呢？

少女啊（以及青年啊！），請永遠堅持下去。無論世間如何變換，像溝鼠一樣繼續奔跑吧！直到化為塵土消失的那一天。你們要互相扶持，悲壯地活下去。

年輕人，謝謝你們讀到最後。祝你們擁有美好的人生。

二〇一九年度　讀書俱樂部社團紀錄簿

主筆〈馬口鐵之淚〉

附錄　聖瑪莉安娜學園入學簡介（節錄）

【辦學理念】

聖瑪莉安娜學園的創辦人聖瑪莉安娜，在女子教育方面，鼓勵學生敦品勵學、信仰堅貞，學習思辯的精神。進而成為一名心靈豐饒，熱愛天主，人見人愛的女性。

【教育方針】

一　信仰堅貞
二　砥勵思維
三　敦厚品德
四　養成判斷與執行的能力

【聖瑪莉安娜簡介】

創辦人聖瑪莉安娜修女，一八九九年出生於法國波爾多鄰近農村，是天主教執事的次女。自幼聰明伶俐，受到聖靈眷顧。五歲進入修道院，過著清貧的修行生活，並在此立定志向，走上推廣宗教教育之路。後來受到修道院長的推薦，赴巴黎的修道會長期深造，侍奉天主。一九一八年，接到修道會指派，遠赴日本設立女子宗教教育機關，創辦本校。她以教育為己任，長期站在教育的第一線。一九五九年，離奇失蹤。此後沒有人知道她的下落，但篤信天主的聖女瑪莉安娜修女的教誨，將永存我們心中。

【學園沿革】

一九一八年　聖瑪莉安娜來日

一九一九年　第一次世界大戰結束
前身「聖瑪莉安娜外國語文女子學院」創校
財團法人「聖瑪莉安娜女子中學」成立
一九二〇年　校舍原址重建落成
「聖瑪莉安娜女子中學」啟用
一九二二年　附屬小學、附屬幼稚園成立
學生宿舍落成
一九二三年　關東大地震，大批學生、修女死傷
學生宿舍倒塌
一九三一年　學生宿舍重建落成
一九三三年　體育館、室內游泳池落成
一九三九年　第二次世界大戰開戰
一九四五年　東京空襲，校舍、體育館燒毀
日本戰敗

一九四七年　引進新學制，更名為「聖瑪莉安娜學園」
分設國中部與高中部
舉辦第一屆「聖瑪莉安娜節」
一九四八年　「聖瑪莉安娜大學」成立
一九五一年　校舍、圖書館重建落成
一九五四年　圖書館塔落成
一九五五年　大禮堂落成
一九五七年　增設學生宿舍
一九五九年　設置聖瑪莉安娜銅像
聖瑪莉安娜失蹤
一九六七年　定時制課程開設
一九七四年　施行週休五日制度
一九九八年　校舍全面改建
二〇二〇年　預定與系列男子學校合併，改為男女合校

【學生人數】

小學部　各學年三班　約六百名

國中部　各學年三班　約三百五十名

高中部　各學年三班　約三百七十名

國家圖書館出版品預行編目資料

爲青年設立的讀書俱樂部 / 櫻庭一樹著；劉姿君譯. - 初版. -- 台北市：麥田出版：家庭傳媒城邦分公司發行, 2010〔民99〕
面；　公分. --（日本暢銷小說；54）
譯自：青年のための読書クラブ
ISBN 978-986-173-629-7（平裝）

861.57　　99004339

城邦讀書花園
www.cite.com.tw

日本暢銷小說 54
爲青年設立的讀書俱樂部

原著書名 / 青年のための読書クラブ
原出版社 / 新潮社
作者 / 櫻庭一樹
翻譯 / 劉姿君
選書企劃 / 陳蕙慧
責任編輯 / 張富玲
副總編輯 / 陳瀅如
副總經理 / 劉麗眞
總經理 / 陳逸瑛
發行人 / 凃玉雲
出版 / 麥田出版
城邦文化事業股份有限公司
104 台北市中山區民生東路二段 141 號 5 樓
電話 / (02) 2500-7696
傳眞 / (02) 2500-1966
部落格 / blog.yam.com/rye_field
發行 / 英屬蓋曼群島商家庭傳媒股份有限公司
城邦分公司
104 台北市中山區民生東路二段 141 號 11 樓
網址 / www.cite.com.tw
讀者服務專線 / (02) 2500-7718；2500-7719
服務時間 / 週一至週五：09：30～12：00
13：30～17：00
24 小時傳眞服務 / (02) 2500-1900；2500-1991
讀者服務信箱 E-mail / service@readingclub.com.tw
劃撥帳號 / 19863813
戶名 / 書虫股份有限公司
香港發行所 / 城邦（香港）出版集團有限公司
香港灣仔駱克道 193 號東超商業中心 1 樓
電話 / (852) 2508-6231　傳眞 / (852) 2578-9337
E-mail / hkcite@biznetvigator.com
馬新發行所 / 城邦（馬新）出版集團
Cite (M) Sdn. Bhd. (458372 U)
11, Jalan 30D/146, Desa Tasik, Sungai Besi,
57000 Kuala Lumpur, Malaysia
電話：(603) 9056-3833　傳眞：(603) 9056-2833

封面設計 / 黃暐鵬
印刷 / 前進彩藝有限公司
排版 / 浩瀚電腦排版股份有限公司
□2010 年（民 99）4 月初版
定價 / 240 元

讀者回函卡

cite城邦媒體

謝謝您購買我們出版的書。請將讀者回函卡填好寄回，我們將不定期寄上城邦集團最新的出版資訊。

姓名：__________________ 電子信箱：______________

聯絡地址：□□□ ____________________________

電話：（公）____________ 分機 ____ （宅）____________

身分證字號：________________________（此即您的讀者編號）

生日：___年___月___日 性別：□男 □女

職業：□軍警 □公教 □學生 □傳播業 □製造業 □金融業 □資訊業 □銷售業

□其他 ________________________

教育程度：□碩士及以上 □大學 □專科 □高中 □國中及以下

購買方式：□書店 □郵購 □其他 ________________

喜歡閱讀的種類：（可複選）

□文學 □商業 □軍事 □歷史 □旅遊 □藝術 □科學 □推理 □傳記

□生活、勵志 □教育、心理 □其他 ________________

您從何處得知本書的消息？（可複選）

□書店 □報章雜誌 □廣播 □電視 □書訊 □親友 □其他 __________

本書優點：（可複選）

□內容符合期待 □文筆流暢 □具實用性 □版面、圖片、字體安排適當

□其他 ________________________

本書缺點：（可複選）

□內容不符合期待 □文筆欠佳 □內容保守 □版面、圖片、字體安排不易閱讀

□價格偏高 □其他 ____________________

您對我們的建議：________________________